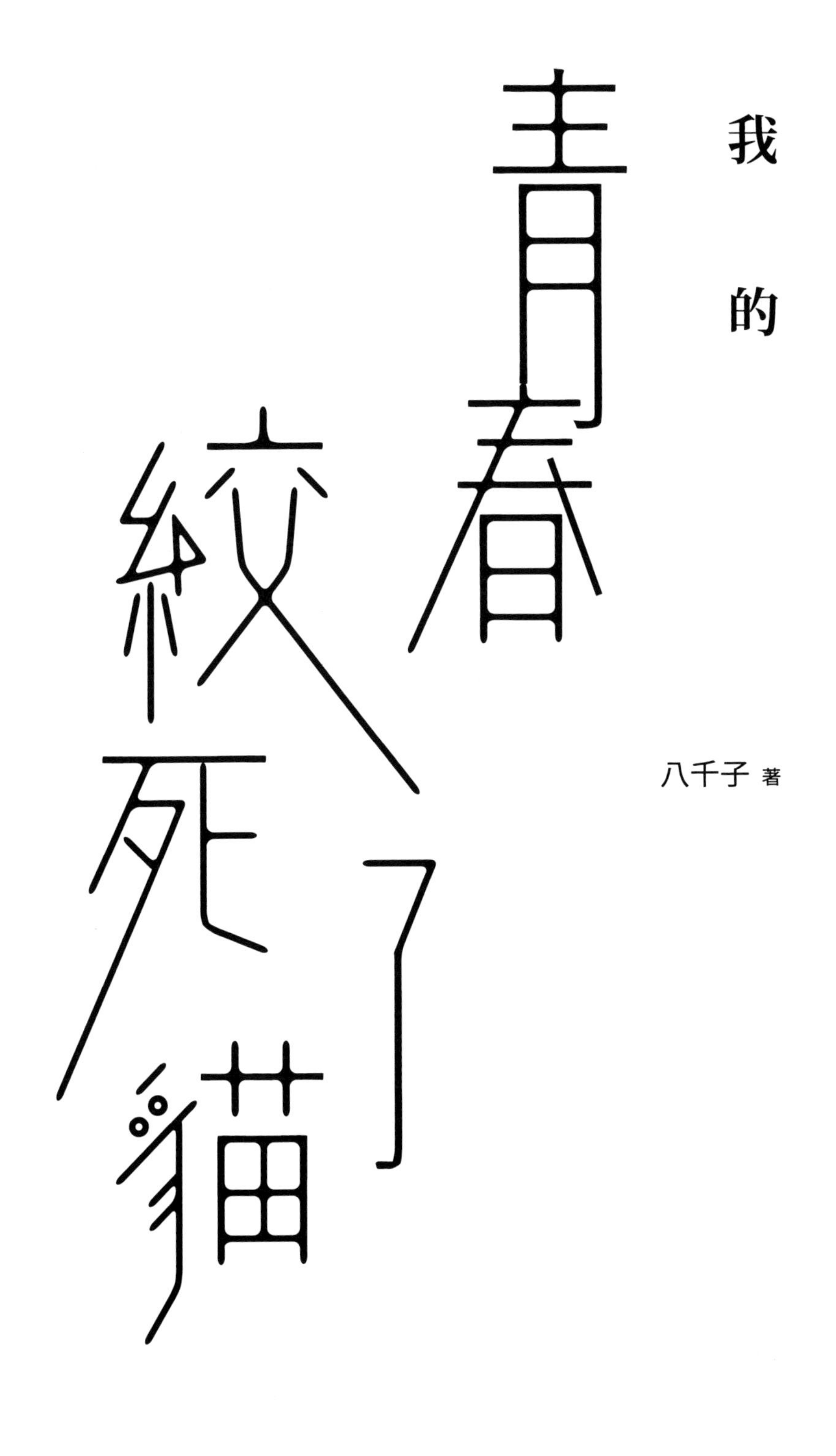
我的
青春絞死了貓
八千子 著

【各界名家推薦】

所有的事件都找到犯人，卻仍然沒有解答，畢竟物理事實以外的東西都沒有標準答案，不如放下探究的執著，跟著殺貓人與性侵犯的獨白，走入他們以薄薄青春包裝的心靈殘渣。

——千晴（作家／近作《縛乩：送肉粽畸譚》）

故事以虐貓案和女大生性侵案雙線敘事，在社會批判的同時，八千子以從容成熟的筆法逐漸連結兩起事件，讓兩條看似分裂的劇情線有了交集，並給出一個令人驚嘆又惆悵的結局，是一本引人深思的異色青春小說。

——楓雨（台灣推理推廣部版主／近作《棄子：城市黑幫往事》）

讀這本書就像是玩拼圖，就算湊出雛形，卻仍舊無法窺見真相，非得要將最後一塊拼圖也擺上了，才會發現其中隱藏的秘密。

將貓與青春這兩個美好的詞彙組合之後，呈現出來的卻是赤裸裸的人性，這的確是八千子風格的作品。

——無胥（前新聞工作者／小說作家）

這部作品是乍看之下是關於傷害動物的社會議題，實則是關於複雜人際的故事。八千子熟練地運用了從各種不同的視角、時間點描述故事的手法，還有使用鉅細靡遺的筆法描寫的場景、心理狀況帶領讀者慢慢接近真相。當解開謎團的拼圖碎片漸漸湊齊的時候，原本大家看到的事實卻急轉直下變成另外一種意想不到的模樣，以推理作品而言是一部充滿現實感而巧妙的佳作。

——山梗菜（作家／近作《驚叫ABC》）

閱讀推理小說至今，我一直很幸運地認為自己出生時江戶川亂步、阿嘉莎・克莉斯蒂這樣流芳百世的推理作家已經離世，也因此只要自己外語水準出色，或者有出版社願意引介，那麼總有一天能有看到他們作品全集的機會。然而，最近閱讀了一些比自己年輕的作家作品後，常有生不逢時的感覺。因為這些作家創作精力旺盛，陸續推出水準之作，而自己隨著年歲的增長，未來總有一天看不到這些作家的新作。以臺灣本土推理作家來說，曾憑藉《證詞》一作獲得第三屆尖端原創大賞逆思流特別獎的八千子便是其中一位。

本作《我的青春絞死了貓》，延續了《證詞》中「限制級」的描寫風格。以不同章節不同人物的視角立場來講述了學姐自殺內幕找尋以及學生公寓附近連續殺貓事件的真相。作者文筆一流，作品中登場人物不多，但卻給人留下深刻印象。同時作者也將自己的人生經歷融入作品之中，在小說中不同人物的主觀描述下，這個字裡行間充滿懸疑色彩的故事在之前章節中預先埋下的伏線收束之後迎來驚人結局。「性侵」、「校園霸凌」等等這些成長過程中的負能量東西體現在作品中每位人物身上。青春成長永遠不會一帆風順，作者正是通過本作中男女之間那些殘酷行為給了我們一次分享青春私密空間的機會。或許結局讓人覺得很黑暗，但其實不是因為青春，現實本來就是很殘酷的，不是嗎？

——霍桑（大陸資深推理迷／《阿嘉莎克里斯蒂自傳》新星出版社譯者）

累積製作近40本本土推理小說的經驗後，我仍然在與八千子老師初次合作的這本傑作，從細節到書名來回討論改稿的過程中得到了無可取代的驚人樂趣，共同刻劃這群「反青春」的角色真是太好玩了。可請讀者朋友們不用擔心小貓之死的描寫會否過於殘酷過激，已經和諧掉了。深究「灰色」的人性才是《我的青春絞死了貓》的核心重點。

——喬齊安（推理界編輯／百萬部落客）

目次

林慶揚的網誌（1）

去年暑假，同社團的朋友告訴我，學姊自殺了。燒炭，在報紙上有一小塊篇幅，不過我並沒有看報的習慣，所以知道這個消息也是仰賴狹隘的社交圈。

不論怎麼說，當下有種替她鬆了口氣的感覺。

畢竟是個隨時死去都不意外的人。就好像隻路邊的野貓，即使今天在巷口見到了可能明天就不知道跑去哪，就算往後再也沒出現也不太感到意外。

想著牠可能死了也可能正存在於某處，只不過是看不見罷了。如此，便有種生死都無所謂的感覺。

告別式當天，我沒有出席。社團的人邀了我，但我不想與他們碰面，一樣，感覺碰不碰面也無所謂。可能沒見上面還更好一些，畢竟我也不確定該用什麼樣的態度面對他們。若是在眾人哭啼的場合連一點淚水都擠不出來就太失禮了。

即使如此，還是忍不住想像著會場的樣子。例如九點開始的儀式，那麼大概在二十幾分左右時親屬、朋友會分別在司儀的安排下上前向學姊的遺像致意，四十五分時送去火化。會場布置肯定滿滿都是鮮花，大概還會用甜食取代水果籃——如果學姊有辦法親自安排，大概會如此要求吧，印象中我們以前也的確聊過類似的話題。Dare的楓糖餅，毫無節制的甜膩，是學姊最屬意的口味。

我想著，想像學姊躺在棺柩裡的樣子，想著此時此刻可能在某處還有人為學姊哀悼，最後腦中一片空白，與其說是畫面褪色了不如說是感到疲倦，單純覺得多想沒有任何意義。

和學姊的記憶也會逐漸模糊，即使感到懷念也會在每次呼喚它時越顯陌生吧。

無可避免地。

之所以開始經營這個網站的原因或許正是如此，並不是想把各方面都難以啟齒的私事分享給誰，只是當作某種留給自己的備忘罷了。

學姊火化後一個月，某天手機傳來社團友人的訊息。這是我和她甚至和其他人在告別式後首次聯絡。

拘謹或說是生澀地自我介紹後她問道。

「你那天沒有來吧？」

沒有。我接話道。很多人去嗎？

「不多，社團去的人也只有幾個，其他看起來年紀比較大的應該是學姊的大學同學。」

對方好像知道我會怎麼回似地，很快又說：「但大學那邊也沒幾個人。」

真意外。我隨口回道。

「嗯。」

所以有什麼事嗎？

「我想問你知不知道學姊怎麼死的？」

燒炭呀。是妳親口告訴我的。

「我不是這個意思。」感覺得到電話那頭的她不耐煩，她說：「我問的是原因。」

我本來想回：那個人隨時死掉都不奇怪。可是仔細想想突然聽到這種回答反而會讓人感到困擾，不論是對她或對我接是如此，於是我把打好的句子刪除。

我不曉得。最後我這麼說。

幾乎是在同一時間，她立刻給出答覆。

「性侵。」

可能是看我久久沒有回應，她又接著說道：「這是聽說的。」

聽誰說的？我問。

「我朋友打工的地方，同事告訴她的。」然後，她補上了一句：「你不知道就算了。我原以為你跟學姊走得最近，應該會聽她說。」

沒這回事。

我忍住把訊息發送出去的衝動。我和學姊並不如他們所想像般親暱。

很多人知道這件事嗎？

「我不知道。」

聽說犯人是誰了嗎？

「不曉得。」

既然流言都傳出來了，不可能連嫌疑犯都沒鎖定吧。

「我沒聽朋友講，她應該也不知道。」

對方好像很急於結束這個話題，大概是發現從我這問不出什麼情報吧。

是她叫妳來問我的嗎？

「你在說什麼啊？人家根本不認識你。我只是以為你應該有聽說這件事才找你確認而已，就這樣。」

是我太神經質了，抱歉。

原本想這麼回，最後還是只留下「抱歉」兩字。

已讀後，對話就結束了。

在那之後，直到現在，不論是她或是其他社團的朋友，我們彼此沒有再聯絡，但我依然對她那天的話耿耿於懷。

並不是學姊的死，而是有關她死後的事。

我很在意人們是如何形容她以及那起案件的。

這是我寫網誌的原因，想讓自己有機會能整理思緒。

有些事情我必須弄清楚，有些祕密我也必須守著。

至於這麼做到底對誰有好處、正不正確都不是那麼重要了。

尾聲（1）

昱文記得，最後一次到花市去是小學時的事。

那是鄰近公園，橋下的假日花市。

雖然離學校不遠，但別說是平日了，昱文連假日也不會經過這裡，所以根本無從得知這裡在尋常工作日時的光景。他在大學後從來沒有造訪過花市，畢竟這裡本來就不是什麼有趣的地點，或許背包客們會對花市、玉市一類的地方有興趣，但除非是該領域的愛好者，否則當地人對這些地點可能還比觀光客陌生，昱文就是其中一個例子。

殘存的記憶中，昔日的花市連一盞燈也沒有，人群熙來攘往，甚是吵鬧。那些棚子搭建起來的商鋪總是破破爛爛地，和寄居在橋下、塑膠布蓋成的遊民小屋十分神似，滿地盡是經無數人踐踏過、沾染泥濘的殘枝花葉。明明販售的是芳香可人的花草樹木，卻諷刺地留給人一種骯髒汙穢的印象。

昱文家附近的幾座橋下，也都被零星幾座棚屋佔去，聽說那些棚屋並不是全數屬於遊民，有些是被河濱公園的釣客拿來當倉儲用，只是不論小屋的所有人是誰，都不會有人想貿然靠近。

相較起來，花市的蓬勃發展可說是另類的奇蹟了。

假日人潮簇擁在橋下就是最好的寫照。昱文並不打算進去人擠人，再說他來這的目的也不是買花，他對花草樹木完全沒有興趣，他知道自己從以前就不是個有閒情雅致的人。

他是來這裡找小貓的。

不是流浪貓也不是走失的家貓，而是跟那些花草樹木一樣被貼著標籤兜售的小貓。三千、五千，或許貓販子不會說得這麼直白，但牠們的確都有個價錢。

他打算不透過寵物店或是收容所，得到一隻小貓。

之所以放棄這兩個最直觀的選項，是因為昱文聽說收容所的認養手續很麻煩，他不是要成為小貓主人的人，如果因此被追究他反而不知道如何解釋，另外寵物店的貓都是昂貴的品種貓，昱文沒有這麼多預算，再說，他想找的貓是隻貨真價實的雜種貓。

不太有人會販售雜種貓，但這不代表雜種貓一文不值。

昱文家以前也養過一隻雜種狗，名叫拐子，那是一隻臘腸狗和黃金獵犬的混種，有著臘腸矮胖的身軀和黃金色的長毛，是一個奇怪的組合，但是母親和姊姊都非常喜歡牠。

拐子走丟那陣子，那兩個人每天都在家附近尋找牠的蹤跡，還到處貼尋狗啟示並祭出好幾千元的懸賞金。

母女倆最後還跑回花市，也就是當初跟路邊的阿嬤買下拐子的地方找牠，當然最後一無所獲。

過了這麼多年，拐子也不可能還活著，再說，這隻狗陪那對母女渡過不少好時光，當初那一千五百元花得也很值得。

所以對昱文而言，要買寵物，的確沒有比花市更適合的地點了。

以前那賣狗的老婦人，胸脯前、背頸後各掛著一個月季色的布袋，分別裝著兩隻小狗，都不過兩、三個月大。除了拐子外，還有一隻馬爾濟斯、兩隻柯基，拐子是牠們中最便宜的。

現在昱文所尋找的，就是過去那個與老婦人相近的身影。不用背著大布袋，也不一定非得個老婦人，只要能夠賣他一隻和小貓外型相似的貓就行。

以前花市附近的寵物市場似乎更加蓬勃些，那時隨處可見把小狗小貓塞在懷中尋找買家的主人，不知是觀念轉變還是其他因素，如今昱文並沒有看到許多人在販售寵物。

這並不是好事，尤其昱文要找的是隻雜種貓。血統貓的外表辨識度高，同樣的品種也不會有太大分別，因此雜種貓的標準其實比血統貓更為嚴格，牠的花色必須和女友之前飼養的那隻貓一模一樣才行，如果有一丁點色塊沒能完整複製那隻死去的貓就沒有意義了。昱文知道這世界上不可能找到兩隻完全一模一樣的貓，只是他沒有選擇，只能抱持渺茫的希望遊走在一個個寵物販子間，然而雜種貓要成為商品的機會微乎其微，會插著草桿子兜售的盡是些尊貴的血統貓。

因為會被人捧在懷中的貓都是些血統純正，或至少看起來純正的貓。有些具有家貓溫順的風範，有些則是天生帶著折耳這項惹人憐愛的詛咒，那些都不是昱文要的貓。牠要找的貓，毛色得要黯淡無光，鼻頭上必須長著斑點，同時臉色特別難看才行。

最後，和許多年前一樣，他在一名老婦人的身旁看見那隻他心目中的理想貓咪。

一條紅線像血絲一樣從牠頸子處延伸至老太婆的手心，老人懷中還有兩隻貓，有著漂亮的毛髮和黃玉色的瞳孔，不時發出讓人同情的喵叫聲，唯獨地上那隻貓安靜地不可思議，呆坐在老婦人腳邊，腦袋有韻律地隨著馬路上來往的行車擺動。

那是一隻聰明的貓，昱文看得出來，如果是平時的他肯定不會選這種看起來不太好對付的貓咪，可是這隻貓是要做為禮物送人的，昱文不能摻入太多自己的喜惡，再說，放眼望去，他似乎也沒有其他選擇。

「那隻怎麼賣？」他向老婦人問道。

老婦人看了他一眼，一瞬間露出困惑的表情，是覺得他不像是個會養寵物的人嗎？還是對於昱文看上的不是她懷裡的品種貓而是那隻廉價的雜種貓感到好奇？昱文猜想兩者皆是，因為他並不認為自己是典型的愛貓人士，也不覺得那隻臭臉貓有機會贏得任何人的青睞。

老太婆沒有打算直接回答，她將懷中的那兩隻貓取出，想將其中一隻塞到昱文手中，但是眼見昱文沒有伸手的意思，只好將牠們放在地上。

其中一隻是折耳貓，一被放到地上又立刻站起身攀在老婦人的手上，一隻貓爪揮呀揮地，和招財貓的標準動作一樣。

「這隻很多人都很喜歡。」老婦人伸出手搔著貓咪的臉頰，青綠色的血管在那根手指上清晰可見，似乎只要輕輕一刺，血花就會綻放開來，比起幼貓，那雙手的主人好像才是真正虛弱的那方。

「我喜歡的是那隻貓。」昱文指著那隻雜種貓，雜種貓沒注意到自己正被人關注著，這次牠反而是盯著廣告牌上的鴿子看。

「牠嗎？那隻原本沒打算賣的。」老婦人面露難色。

「是妳養的貓嗎？」

「養了一陣子了。帥哥你為什麼看上那隻呢？」

「牠和我女朋友以前養的那隻貓很像。」

「這樣啊。」老婦人瞇起眼睛，既不像是笑也不像是驚訝，僅是緩緩地點頭。

「牠有名字嗎？」

「咪咪。」老婦人說，只是那隻貓沒有任何反應。

昱文知道這隻貓大概是幾秒鐘前才獲得名字的，只是昱文並不想追究，現在的他只想趕快弄到這隻貓。

「咪咪。」昱文複誦了一次貓的名字，他伸手想碰觸那隻雜種貓，可是那隻貓高傲地對他不屑一顧，昱文只好尷尬地將手收回。

「牠不太親近人呢，不是家貓嗎？」

「貓都是這樣的，相處久了就沒問題。你的女朋友養過貓，不用擔心。」

昱文也是這麼想，他知道亦慈是個愛動物的好女孩，對許多人來說與動物相處遠比和同類交往簡單地多。

當昱文再次問起貓的價格時，老婦人默默地比出「三」的手勢。售價是拐子的兩倍，十分昂貴，可是昱文並不打算多費唇舌在殺價上，他總覺得錯失了這個機會就不可能再遇到另一隻如此相似的貓了。老婦人可能正是看準了這一點，才胡亂地開了一個不合理的價格。

他付了錢，並向老婦人要一只能裝貓的袋子，老婦人除了胸前的布袋外沒有其他袋子了，她走進花市，再走出來時手上還拎著一個寫著Brazil的麻布袋，原本應該是用來裝種子的，巴西咖啡豆的袋子，用來裝貓也算合適。

「你要用哪個袋子裝？」婦人問道。她指的是麻布袋和她胸前的袋子，昱文想都沒想就選了麻布袋。

老太婆拎起貓的後頸放到布袋裡，四指尖拎著袋口交給昱文。

對貓而言，稱不上是最好的待遇，但是當下也只能暫且妥協，只要不把袋口束緊，貓也不至於悶死。不過，這袋子看起來挺透氣的，束緊帶口貓應該也不會有事，只是昱文不想為此冒險。

在把小貓交給亦慈前，還得先去寵物用品店一趟，替這隻貓找一個體面點的籠子。既然這隻貓是給女友的禮物，那包裝自然也不能馬虎，昱文的預算還夠，一、兩千元要弄到一口不錯的外出用貓籠應該不是難事。

袋中的小貓躁動不安，爪子與布袋摩擦的聲音和大街上的汽機車喇叭聲相比根本不算什麼，或許整條路上只有昱文知道背後的袋子中正裝著一隻小貓。

作為Kuro的替代品，小貓能有活力再好不過了。

「別死了啊。」昱文開玩笑地對小貓說，他知道小貓是不可能回應他的，但不知為何，此時他就是想試著向小貓說說話，和那些愛動物人士一樣，對這些牲畜說些牠們不理解的語言，然後得到諸如「汪汪」或「喵喵」這類對人類一樣沒意義的答覆。

不過那也僅是對人類沒有意義。說不定小貓正確理解自己的話，並給予相當有程度的答覆也說不定，只不過因為自己不懂貓語就斷言與小貓之間的對談沒有意義也太自負了。

昱文暗忖。覺得自己的想法意外有趣，他沒注意到盯著小貓的自己，此時嘴角正微微上揚。袋中的小貓不再扭動，牠睜著渾圓深邃的大眼看著昱文。

「喵。」小貓說。

將近兩個禮拜前，新聞頻繁報導同校學生犯下的殺貓案，當時整個社會都在談論此事，同一時間的情殺、仇殺、自殺案的版面都被這些遭殘殺的貓咪佔去。

於是有人說了，應該要讓殺貓的學生也承受跟貓一樣的痛苦才是。

而另外一批更具有行動力的人則決定走上街頭抗議發起，替死去的貓咪爭取應有的權益。

只不過是貓呀。

昱文不曉得這起案件究竟是有多與眾不同的魅力讓媒體爭相報導，但新聞的本質就是種群眾效應，如果某家電視台打出了「獨家」名號。而內容又不至於無聊到讓人不感興趣，那麼這份獨家很快就會出現在每家媒體版面上，輿論反覆沖刷，最後成功替這起原本應該不起眼的報導謀得各大頭版欄位。

荒謬的進程，無奈事實就是如此，如今那個沉寂多年的動物福利相關法案又被政客拿來當作拉攏選票的手段，幾個黨派的候選人紛紛搶在記者前譴責殺貓犯，同時開出促進動物權的空頭支票。要撲滅這場火，這些場面話不是必須卻是必然的，等到過幾個禮拜，沒人願意再浪費心力於殺貓案上時，那些貓才算是能真正獲得安息。

其實昱文並非和這起事件毫無關係，甚至他還可說是事件的核心人物。

女友白亦慈也是，連租屋處的學長黃軒宏也和被起底的殺貓犯林慶揚脫不了關係。雖然在事件發生後三人鮮少提起林慶揚——算是種默契，可是嚴格來說，他們很巧妙地都和林慶揚有或淺或深的關係。

作為貓屍的第一發現人，免不了在案發後成為部分媒體的採訪對象。有些嗅覺靈敏的自由記者甚至表示希望能私下約談，他們不被輿論風向的枷鎖束縛，卻有著不亞於普通媒體的職業道德。聽對方的口氣，似乎打算針對林慶揚撰寫一篇探討其精神狀況和人格特質的報導，那篇報導可能會被刊載在某本三流雜誌上，也有可能連過稿的機會都沒有，只是無論如何，當話一說出口的剎那，昱文就必須得替這些字句背書。

所以他完全不想淌這渾水，立刻就拒絕對方的請託，亦慈好像也接過同一人的來電，只是女友也告訴對方不想多談。

——林慶揚那傢伙難道沒有家人或是朋友嗎？總會有比我們更了解他的人吧？

昱文拒絕的理由是理性判斷下所得出的結論，而亦慈則是純粹地出於感性而不願再和外人提起林慶揚，兩人面對這件事的態度不同，可是結果倒是很一致。

或許那些記者正是因為亦慈作為受害小貓的主人才會如此糾纏不休。其實他們對林慶揚根本毫無興趣，只是想看亦慈在攝影機前哭訴小貓有多可憐，好感染大眾情緒罷了。

昱文感到一陣嘔心，這整起事件都是如此平凡地醜陋。

再過一個街口就是寵物用品店了，袋裡的小貓不知何時也安靜下來，趁紅燈時，昱文放下肩上的布袋，再次確認小貓是不是還活著。

賣貓的老太婆說過這隻貓很健康，那些預防針出生後就打了，所以不用擔心牠出什麼毛病。昱文認為，既然如此，那麼這隻貓不可能這麼輕易就死掉。

他往袋口裡看去，小貓還活著，仍盯著牠看。

一對不討喜的眼神，一雙與貓最相稱的瞳孔。

如果這時伸手抓小貓，只怕自己手上會留下一道道傷痕，類似的經驗以前不是沒有。昱文將袋子揹回背上，心中盤算著自己還願意為這隻小貓再花多少錢買籠子。

買了隨身籠也不一定是亦慈喜歡的款式，只是如果盡是挑些便宜貨，那就顯得小家子氣，雖然相處一陣子，昱文知道亦慈不是個虛榮的女人，大概還是個不懂得耍任性的笨女人，不論他挑多少錢的籠子亦慈肯定都會開心地接過裝著小貓的籠子，但是如果那籠子連自己都看不順眼，就絕對不能當作女友的禮物。從挑選小貓到貓籠，昱文都傷透腦筋，一直以來，貓帶給他的麻煩不是普通得多。

即使如此，他依然認定自己是屬於愛貓那一派的。

離赴約的時間還有將近一小時，扣掉交通時間剩三十分鐘，距離寵物用品店不過五十公尺，紅綠燈還有十二秒。林慶揚至少殺了五隻貓，《動物保護法》能讓他服一年以下的刑責，同時可以千元為單位折抵刑期。前幾天節目上的某個自稱是法律專家的人如是說。

將一切量化後看起來都無比簡單，但是串在一塊就顯得複雜。

昱文揹著貓，正好走到斑馬線的中央時，手機響了。

這陣子不認識的號碼特別多，所以昱文都會謹慎地確認來電者身分後才接起電話。

是黃軒宏打來的。

「學長嗎？」

「你現在在哪？你女友沒有在你身邊吧？」話筒另一端的聲音短促，不過應該是學長本人沒錯。

「沒有，我們說好到宿舍再碰面。對了，搬家公司已經把東西運過去了嗎？」

「應該等會就送到了。你咧？你要過來了嗎？」

黃軒宏似乎鬆了一口氣，語調也回歸正常。

「我還在寵物店。」昱文說。

「寵物店？」

「我想買一隻貓給亦慈，再挑個籠子，很快就好了。」
「是嗎？」
「就是這樣。」
「你是在哪間寵物店？離宿舍近嗎？」
「不近也不遠。」
「那你在那邊等一下，我待會就去找你。我開車，順便載你回宿舍。」
「這怎麼好意思。」
客套話了。
「沒關係。只要那隻貓別長太肥就行，再說你提著貓籠走也很不方便。」軒宏很難得地開了玩笑。
「貓能長到哪裡去。」昱文回道，並很快接著說：「不過學長有什麼事嗎？」
剛才黃軒宏還向昱文問起女朋友是否在場，那想必是一件難以啟齒的事，昱文很自然地想到黃軒宏可能是想告訴他有關林慶揚殺貓的事。
只是林慶揚的事已經結束了，如果可以，昱文希望往後的日子都別再跟那個人扯上關係才好。
「你應該知道亦慈搬進去的房間之前是誰住吧？」
「廢話。不就是因為你把林慶陽趕出去才讓亦慈有空房能住嗎？」
「才不是。」軒宏提高音量反駁道：「那是有人提議，其他房客也贊成才這麼做的，跟我沒關係。那個人問題本來就很多，能找到理由趕走他搞不好很多人還覺得很爽。」

他說：「我之前在整理他沒帶走的那些東西時，翻了他的筆電，發現那傢伙有寫網誌的習慣。」

「網誌？」

「就類似部落格的東西，好像還有玩攝影的樣子，反正就是架個網站隨便貼些照片還寫些有的沒的文章。聽起來很文青，對吧？」

「真難想像那個人會有這種興趣。」昱文也認識幾個對攝影有研究的朋友，他們的調性都很相似，昱文不知道那群人的穿著打扮是否都是當今時尚，但很有個人風格倒是真的，而林慶揚跟那種人完全扯不上邊。

「人氣高嗎？」

「啊、啊，的確。」

「不，那是私人網站……我想他從沒打算公開過，那些網誌應該是寫給自己看的。」

「這麼說，你看完了？他的網誌。」

「粗略看了一下，裡面的內容大概都知道了，所以想問你有沒有興趣看看。」

昱文不可能說沒興趣，相反的，他非常想知道所謂「殺貓犯」的網誌裡面到底寫些什麼，而他也深知黃軒宏這通電話的用意，一定是林慶揚的網誌裡面有什麼最好別讓亦慈看見的內容，否則他大可在三人待會見面時再提起這件事，剛才向他確認亦慈沒有在他身邊的用意也是如此。如果讓亦慈看了那變態的網誌，肯定會對她造成二度傷害。

雖然昱文心中有譜，保險起見他還是開口詢問道。

「我想確認一下，他的網誌裡面……有提到Kuro嗎？」

軒宏沉默了一會後，才平靜地開口道：「有，而且不只Kuro……還有你們。」

網誌果然不能讓亦慈看見。

得知Kuro遇害後，亦慈這陣子心情盪到谷底，好不容易能靠袋中的小貓讓她稍微開心些，要是不慎讓她得知林慶揚當初對Kuro種種暴行的紀錄，只會害她更難平復失去Kuro的傷痛。

「我知道了，那就拜託學長幫我把他的電腦帶來了。先讓我看過之後再決定要怎麼處理。」

昱文簡短地答覆，並將寵物用品店的地址告訴軒宏。既然黃軒宏願意載他一程，那挑選貓籠的時間便寬裕許多。

昱文踏進寵物用品店，混雜著狗糧味的冷氣撲面而來，小貓在布袋裡掙扎著。

看見小貓，讓他想起Kuro。

Kuro還在世時，昱文常常聽亦慈提起牠。

「下次我一定要讓你看看Kuro，真的超可愛的！」每次見面，亦慈總是這麼說，然而昱文還沒能在亦慈的懷中看見Kuro，Kuro就死了。

被殺貓犯殘忍地殺害。

雖然不是同一隻貓，但是昱文還是不經意地想起牠，想起Kuro。

林慶揚的網誌（2）

聽起來關係複雜，但要找到朋友友人的前輩並不困難，會和她閒聊這種事應該是很親暱的朋友，只要去社群網站看她有哪些熟人是在學校附近打工的便行。

我們約在周五下午，雙方都沒有課而且她沒有排班的時候，在她打工的簡餐店碰面。雖然是初次見面，但彼此在網路上打過招呼，她一踏進店門就看見坐在角落的我了。

向我打招呼後，她在我對面坐下來。向服務生要了橙汁後，說道：「我沒有想到新聞社對這件事有興趣。」

因為這陣子沒有什麼新鮮事，只好挖些以前的舊帳。換言之，就是炒冷飯。

我如此解釋著。

「這麼說前陣子學生會選舉的事怎麼樣了？不是吵得還滿兇的？」

那件事因為落選的人和現任會長達成協議，也算是擠進學生會裡了。所以我們也沒理由，不，應該說是不能再追下去了。我回道。

實際上這只是我事前做的功課，具體內幕是什麼我也不曉得，所幸她並沒有追問，畢竟大多數人對學校裡發生的事其實不太關心，永遠只有那一小撮人在興頭上。

不過，我還是故作神祕地說：「剛才說的還請妳保密。」

「我知道了。」她點頭。「不管校長還是會長讓誰當都無所謂，只是想說你既然是新聞社的搞不好知道什麼事。」

我剛加入沒多久。以前學長姊在做的我都沒什麼概念呀……

我苦笑道。

「哦，我沒注意呢，你是大一？」

嗯。

「那我就是學姊了。」她笑得很得意，露出不太整齊的門牙。

嗯，學姊……

到現在這兩個字仍讓我產生隱隱的排斥感。

「不過到時候你要把這些內容刊出來時不要說是我說的，連提到這間店都不行。」

連店名都不能提呀？我以為大家早就知道了呢。

「不行啊。你說的『大家』其實是指你們社團內的人吧，除了新聞社，最了解情況的就只有當事人了，不過慈幼社的人絕口不提這件事，以前他們慶功宴都會選在這裡辦，但自從那件事發生後他們也不來了，倒是多了很多湊熱鬧的。」

這樣生意不是變好了嗎？我開玩笑地說。

「才怪。就說那些人是湊熱鬧的了，他們只是把這當觀光景點，根本不是客人，就像你一樣，來問些有的沒的就走了。」

真不好意思。

「不會，你有任務在身，也很識相，至少還會點些東西。當初那些人不是這樣的，他們只是站在店門口拍照，有的還會來騷擾服務生，就是些垃圾。」

儘管她沒有那意思，越說還是越讓我感到備受譴責。

不過妳們本來就常碰到客人搔擾吧，這邊晚上不是就改成酒吧了？

「偶爾。」她說：「但來的也都是學生，不會做出太離譜的舉動，是自從那件事以後跑出很多一看就不是學生的客人，店長都在想要不要限制客人進出了。」

能嗎？

「說笑的呢。」她將玻璃杯湊近唇邊，說：「有生意上門當然是好，再說當初惹出事情的人也是學生沒錯。」

我乾笑了幾聲，似乎太過刻意的應和著。

「新聞社那邊打算怎麼報導？我猜你們應該會傾向往性侵案的角度撰稿吧，畢竟這樣比較有看頭。」

沒意外的話應該是這樣，只不過若是最後調查結果和設想的不一樣那也沒辦法，還是得盡量維持中立才行。這麼說，妳是怎麼看的？事情發生時妳在場嗎？

感覺描述得不太清楚，我又補充道：我是指妳有親眼目睹那女生被人帶走嗎？

「當時是我值班，負責替他們買單的也是我，當然有看見啦。」

在妳看來是怎樣？

「沒怎樣。女生喝醉了，一個好像是她男友的載她回去了，就這樣。」她接著說：「後來發生什麼事，大家都知道了。我不知道他們裡面有多亂，所以我也沒什麼想法。」

那時候帶走她的男生妳有印象嗎？

「有啊，畢竟他們以前是常客，就算不知道他們名字，對臉也有印象。」

這樣就夠了。

我拿出事先準備好的照片，這是我從慈幼社網站上擷取下來的活動照片。

那男的有在這張相片裡嗎？我問。

她瞇著眼盯著相片好一陣子後點頭。

「應該是這傢伙，就是他摟著女生走出去的。」

她指著一個頭髮挑染，體格精壯的人說，隨後很多餘地補上一句：「長得還蠻帥的，不是嗎？」

我不知道該做何回應，只好敷衍的點點頭。

「接下來你會去找慈幼社的人嗎？」

看情況。如果知道這個人的長相就很好鎖定身分了，慈幼社那邊……我想他們大概也不會想提起這件事。

「正想這麼跟你說。那件事情發生以後社團也算是半廢棄了，就算是感情糾紛也都弄得旁人觀感不佳，現在一些團體也不敢邀請他們去幫忙了。」

妳知道的真清楚。我不禁嘆道。

「不然你想他們為什麼再也沒來光顧了？」

的確是這樣沒錯。

「我在想，如果說那女生沒有自殺的話，這件事對你們來說就沒有價值了吧？」

我說完，她也用力點了點頭，並直視著我。

某種程度上，是的。

「另一方面，要不是後來傳出她有憂鬱症，不然幾乎可以確定是性侵案了沒錯。」

為什麼這麼說？

「如果是普通人碰上這種事而選擇走上絕路……」她看向窗外，實際上僅是在思考。「雖然有點嚴重，卻好像情有可原，但換作是憂鬱症患者就不一樣了。」

哪裡不一樣？

「憂鬱症的人因為什麼原因死掉都不奇怪吧？我記得當初這件案子會爆出來就是因為那女生自殺的緣故，但後來很快就被當作感情糾紛，也是因為發現那女生有憂鬱症的關係吧？」

畢竟是憂鬱症，所以也不一定是因為這件事才自殺的……妳是指這個意思嗎？

她一瞬間露出猶豫的表情，眨了眨眼睛後說：「差不多吧。」

她低喃道：「……什麼時候死掉都不奇怪。」

是啊。

我聽見她的話，也復述了一次。

什麼時候死掉都不奇怪。

關於小貓（1）

1

其實亦慈很清楚自己還沒有準備好一個人的生活。

她讀過不少謳歌孤獨美好的文章，無奈那些文字過於朦朧、過於文學性，讓亦慈完全無法相信它們，況且，她與文章裡的主角們不一樣，從出生到現在，她的人生未曾遭遇過任何一場風雨。

她自認有著美滿的家庭，和父母親還有弟弟過著平凡卻幸福的生活。

所以選擇一所距離家鄉相當遙遠的學校曾讓她掙扎好一陣子，可是老家附近的學校程度都很差勁，亦慈好不容易才考上理想的大學，無論如何都不可能放棄。

這樣一想，或許不能說自己是在「掙扎」而是無病呻吟。

畢竟答案早就已經決定好，亦慈是不可能改變的。

只不過若是連抱怨的資格也沒有，那這世界也太嚴苛了。

父母親給的生活費還算寬裕，亦慈沒有將房租作為選擇住處的第一考量，可是物色居所對她而言也是個難題，最後是依靠網路論壇才和另外兩個女生在學校附近的老公寓落腳。

亦慈已經不記得當初承租時房東大媽對她們嘮叨了些什麼，但是她很肯定那個長相刻薄的女人絕對有警告她們不准養寵物。

她很仔細地閱讀合約內容，並沒有發現明顯對她不利的條件，另外兩人也沒有對合約提出任何異議。

同宿的兩個女孩中有一人和亦慈都是大一新生，另一個則是高一年級的學姊，那兩人都和亦慈就讀不同系所。學姊很少回宿舍，而同年的女孩則是很少出房間，所以亦慈和兩人的友誼僅限於見面時打招呼。

亦慈也不是沒有想過和同屋簷下的兩人打好關係。雖然學姊的個性開朗、活潑，很好相處，但是她幾乎都住在男友家，所以亦慈也不可能有機會和她建立深交，另一位女孩則是木訥的人，亦慈知道她不是壞人，但是也無法再給她更進一步的評價。

「我買宵夜回來了，妳要吃一點嗎？」

那天亦慈結束和系上同學的聚會，順道在路邊攤買了宵夜回宿舍。

她一邊敲那女孩的房門，同時又心想自己實在沒必要為那女生做到這種地步。

女孩打開房門，以幾乎聽不見的音量說：「謝謝……」

亦慈不禁擔心那張陰沉的面孔會不會就這麼從她手中接過宵夜並再度鎖上房門，還好事情並沒有像她設想發展。

於是兩個人在第一次期中考結束後的那晚，默默地在宿舍裡吃鹽酥雞。若不是因為累了，否則亦慈此時肯定會和朋友續下一攤，才不會和這個女生一起對著電視機發呆。

那是台老舊的映像管電視，巨大且笨重，明明是個早該被時代淘汰的造物，卻不自量力繼續播映著畫面。

就在某一個空檔，電視裡偶像劇演員的聲音不見了，只有字幕依然配合著演員們嘴型生成並消逝。

「這台電視肯定至少二十年了，毛病真多。」亦慈強顏歡笑地對女孩說道。

女孩只是輕輕點點頭。

「現在這種電視很少見了吧？一台液晶電視也沒多少錢，房東也太摳了。」亦慈繼續說道。

可是依然沒得到任何回應。

亦慈已經很努力想替兩人找到對話的契機，然而這女孩似乎不論亦慈說什麼都只會怯生生地點頭，好像要她擠出一、兩個字也得費盡千辛萬苦般，要不是情況尷尬地逼迫她必須和這女孩交流，否則亦慈肯定一輩子也不會和她有任何交集。

她不是個壞人，卻無法讓人喜歡。

如果不能閱讀空氣、順應場合做些迎合她人的事，或說些沒有意義卻不得不開展的對白，那只能說明這人根本就不適合在社會上生存，從她和別人合租房時，對她的室友就是個折磨，亦慈認為這女孩在系上肯定也相當礙眼，是一個不會有人願意花心力憎恨她，但消失了卻能讓大家鬆口氣的存在。

像這樣的人比比皆是，許多人總是把他們當作霸凌的受害者，好像周遭環境都對不起他們似的，卻從來沒有想過那些人之所以會被排擠，或許是因為自己死板的個性無法迎合社會也說不定。換言之，受人欺侮也是他們自找的。

如果她不常出門的原因正是因為體認到自己是如此的煞風景就好了，既然對自己有這層認識，那最好連房子也別和人合租，自己一個人躲起來過日子不也很好嗎？

亦慈的大學生活正步上趨近完美的地步，她有著關係不錯的朋友、曖昧的男生，成績方面也掌握的很好。現在這令人稱羨的生活只差最後一塊拼圖就完成了，只要她的室友也和她的朋友一樣是些能一起玩樂、一起瘋的人便行。

然而，這女孩還在這承租的一天，拼圖的一角便永遠都是空白。

直到現在，那女孩都還是不間斷地將自己買的鹽酥雞送入口中，卻連花點心力陪自己解悶的意願都沒有。

真是礙眼。

亦慈只能木然地看著無聲的螢幕，九層塔在嘴中發出「咖哩、咖哩」的奇怪聲音。

「妳聽見了嗎？」突然，那女孩說。

「聽見什麼？」

「貓叫聲。」

「是嗎？」亦慈側耳傾聽，卻什麼也沒聽見。

「叫好一陣子了，妳……真的沒聽見嗎？」

「沒有呀。叫聲是從哪裡傳來的？」

聽見亦慈這麼問，女孩皺起眉頭，似乎努力想辨別貓叫聲的來源。

室內又回歸寂靜。

「我不確定。聽不出來是哪裡的貓。」

說完，她抿起嘴唇，讓那顆長在她下巴上的青春痘更加明顯。

她真的不是一個好看的女孩子。太過方正的國字臉上，一副粗框眼鏡底下的則是那雙小小地單眼皮眼睛，而和皮包骨似的貧瘠身材也引不起男人的注意。

從裡到外都不討人喜歡。

「妳喜歡貓嗎？」亦慈問。

「不太喜歡。」女孩回道。

此時，連讓亦慈對她稍微產生好感的最後機會都消失了。

「如果那隻貓叫一整晚會很吵。」

「應該不會。」亦慈說：「現在還沒到發情期。」

女孩沒有再回話，或許是察覺到亦慈可能是個愛貓人士也可能是單純因為宵夜吃完了，她把空紙袋扔到垃圾桶並向亦慈再次致謝後就回到自己的房間。

亦慈有預感，短期內兩人大概都不會再交談了。

隔天，亦慈在回宿舍的路上特別留心小貓的蹤影。

如果昨天的貓叫聲真的存在，那肯定是屬於某隻貓的，可能是家貓也可能是野貓，亦慈篤定貓叫聲絕對是來自後者，家貓不可能發出連她也聽不見的叫聲，而野貓就不一樣了，據說野貓能選擇性地讓牠希望聽見叫聲的人聽見，所以昨天那女孩才能聽見自己也聽不見的叫聲。

真是不甘心！明明是個不喜歡貓的人卻能獲得野貓的信任，亦慈不想承認自己嫉妒那女孩，但也想不到更貼切的詞彙修飾自己的情緒。

不過昨晚如何都無所謂了，那女孩的事已經和她沒有關係了。

因為當亦慈經過那棟舊房子時的確聽見貓叫聲了。

那棟老房子坐落在亦慈來往宿舍和學校的必經之路上。很難想像在學校附近還有傳統的木製建築，亦慈認為這棟平房少說也有六、七十年的屋齡，與其說它是房舍倒不如說是廢墟更加貼切，綠色的鐵皮圍牆將整棟建築包圍起來，營造出與世隔絕的氛圍。

貓叫聲是從廢墟中傳出的。

亦慈低頭看，一隻黑色的貓咪從圍牆的破洞間窺視著她。

和其他流浪貓比，那隻小貓還算健康，有著貓咪應有的優雅體態，只是牠似乎已經沒有家人，獨自窩居在這腐朽屋樑下度日。

這隻貓應該不是昨晚那隻惱人的貓咪。雖然沒有任何根據，只是亦慈是這麼認為的。

同時，她也感到好奇。為什麼自己以前都沒有發現這裡住著一隻小貓？小貓應該已經住在這好一陣子了，每天上學亦慈都會經過這棟廢墟，在過去的日子裡，小貓也是在破碎的窗前沉默地望著她嗎？

如果是這樣子，那亦慈永遠都不可能發現牠。

因為小貓出聲了，像是在尋求幫助般，喵喵地呼喚著她。

最合理的解釋是，小貓也曾經是隻家貓，可能是某戶人家的母貓生了，但是那戶人家沒有多餘的心力迎接為數不少的新生命，只好把母貓的孩子扔在這棟廢墟裡。

初生的幼貓若是沒有人照顧就無法活下來。十一月初的下午，亦慈和小貓產生交集，原本這隻小貓的生死都與亦慈無關，但正是因為貓叫聲引起了她的注意，於是亦慈無法放任小貓不管。

「Kuro。」幾乎是在見到小貓的那一瞬間，亦慈便決定好小貓的名字。

「這是什麼名字？」當她和喜歡的男生提起小貓時，那男生說：「不過的確很適合貓。」

亦慈看不出來他對小貓的話題有沒有興趣，男生好像都對寵物的事情不太感興趣，可是亦慈無論如何就是想和他分享小貓的事。那隻小貓偶然間走入她的生活中，除了她和小貓外沒有人知道這一人一貓的關係，亦慈將貓咪的事告訴他也是希望彼此間能共享些祕密，那怕是多麼微不足道的祕密都好，她只希望他能稍稍察覺閒談後的意圖。

「那麼，牠是隻怎樣的貓？」

「是隻黑色的公貓。跟狗不一樣，我不太懂貓咪的品種，不過我猜那孩子是混血兒。」
「如果不是雜種貓就不會被扔出來了，對吧？」
亦慈點頭。即使他話說得太過直白，但亦慈知道他沒有惡意，那只能說是他的個人特質，像他這種直性子的人不多了，所以亦慈並不討厭他這樣。
「一個人住在那也太可憐了，要是衛生所的人來他一定逃不掉。」
「一隻貓。」他微笑，並糾正道：「妳要說的應該是一隻貓吧？那隻貓有這麼笨嗎？」
「這跟笨不笨沒關。那孩子如果看到每個人都對他喵喵叫，很快就會引起那些不喜歡貓的人的注意，到時候絕對會被抓走。」
她想起那位臉上長著面皰的室友。
「不會的。」他說。「動物很不可思議，牠們有本能遠離危險，所以小貓是因為知道妳不是壞人才願意接近妳，換作其他人，牠可能早就跑得遠遠的。」
「講得一副你有養過貓似的。」
「雖然不是我的，不過我的確照顧過一陣子。」
「那是朋友的貓，見到牠時已經是隻被寵壞了的公主。」他補充道。
「那麼你是好人還是壞人？」亦慈開玩笑地說。
昱文假裝思考了一會兒，也向亦慈笑道：「唉呀，我記得那隻貓好像不太喜歡我。」
「那隻貓真不識貨。」亦慈替昱文抱不平，而昱文只能苦笑應對。

「這麼說，妳打算養牠嗎？」

「雖然很想養……可是宿舍禁止養寵物。」

「這樣啊。」昱文知道亦慈想說什麼。「可惜我也是住宿舍，沒辦法養牠。」

為了化解尷尬，昱文又說：「我會去問問有沒有朋友願意收留牠。」

「麻煩你了。」

即使兩人都默認希望渺茫，但亦慈還是十分感謝昱文的這份溫柔，比起為了Kuro，昱文更像是為了亦慈才給予承諾。

那就夠了。只要昱文有這份心意就足夠了。

亦慈知道自己必須肩負起照顧Kuro的責任，既然Kuro選擇向她求助，那她就得義無反顧地守護Kuro。

即使她終究無法替Kuro的安危擔保，但若是連照顧Kuro的心都沒有，那就連替牠擔心的資格都沒有。

照理來說，是該這樣沒錯。

所以，不僅平日上下學，就連假日亦慈都會帶上貓罐頭或寵物零嘴給Kuro。那隻小貓意外地挑嘴，明明是隻流浪貓，卻嬌蠻地如隻家貓。舉例來說，若是亦慈當天準備的是便宜貓食，那Kuro便不會露面，原本亦慈以為Kuro應該是出門了，但當廢墟傳來貓叫聲時，亦慈便知道今天上繳的供品無法獲得貓大人的青睞，這讓她只能再去寵物用品店跑一趟，並默默把那不討Kuro喜歡的罐頭廠牌列入黑名單。

與其說那隻貓得了便宜還賣乖，不如說貓的天性就是如此。

若牠不是隻貓，不是隻可愛的小貓，也就沒有任性的資格了，但因為牠有張漂亮的臉孔，所以總會有人願意為牠傾心——無悔地付出。亦慈是這麼認為的。

替Kuro張羅餐點的日子也過一陣子了，亦慈也逐漸掌握到Kuro的口味。那的確是隻性格乖僻的貓，牠和典型貓咪的形象不一樣，對海鮮沒有興趣，即使亦慈特地買了要價五十元的鮪魚貓罐頭，那隻貓也不會老實把牠吃完，直到隔天亦慈送補給過來時才發現鮪魚罐頭原封不動地放在洞口。除非她拿出雞肉口味的罐頭，否則Kuro會繼續生悶氣而不願露面。

「真是隻囂張的貓。」亦慈把這件事告訴昱文時，昱文也笑了。

「不過牠也是隻聰明的貓。」

「是嗎？」

「那些清潔員很討厭流浪狗、流浪貓，可能是因為貓狗的排泄物會增加他們的工作量吧，每次衛生所來抓貓狗就是他們通報的。如果Kuro不夠聰明一定早就被抓走了，還好Kuro聽得懂我的話，所以牠絕對不會在清潔隊來的時候出現。」

「貓哪聽得懂人話。」

「真的！」亦慈不甘心地反駁道：「我跟牠說每個禮拜三會有黃色背心的人打掃街道，那天牠就絕對不會出現。我告訴牠如果亂叫會被人抓走，從那之後我也沒聽過牠叫了，牠總是默默地吃著我給牠的罐頭，只有我逗牠玩時牠才會忍不住發出聲音。沒騙你！Kuro牠真的聽得懂我的話。」

「這麼說牠好像比人還聰明囉？」

「真的。」

亦慈不好意思向他提起之前拜託他尋找貓主人的事，她猜昱文應該已經忘記了，其實那倒也無所謂，因為若是Kuro真的被人收養了也難保對方會好好善待Kuro，像她這種願意花大錢購買高級罐頭的人不多，何況那還是隻雜種貓，對許多人而言，沒有任何對牠多灌注一分愛情的理由。亦慈努力說服自己是為了Kuro好，實際上她也察覺生活已經不能沒有小貓。

每天替Kuro送罐頭已經成為日常事務中不可或缺的一環，就好像那間在上學路上總是會光顧的早餐店一樣，如果某天它無預警地歇業了，那自己肯定也會替老闆娘擔心——即使她不過是眾多客人的其中一位。

Kuro也是如此，比起早餐店更令亦慈掛心。雖然亦慈無法以主人自居，而且亦慈也搞不清楚自己在Kuro心中的地位，一切只是很自然而然地發生，Kuro只是很普通地成為她生活中的一部分。

要是哪天Kuro不見了怎麼辦？

那是遠比死亡更令人畏懼的問題。

因為亦慈無法預測小貓離開的那天。

如果Kuro是隻家貓，那麼當牠生病或老去時，亦慈能嘗試救助牠或至少待在牠身邊到最後一刻，但牠是隻野貓，是隻消失了也不會有人察覺、不會有人在意的野貓。如果某天Kuro在散步時被車撞了，亦慈不可能知道；如果Kuro被衛生所抓了，亦慈也不可能知道。因為小貓終究只是扮演著上學路上的過客，亦慈無法和牠建立更多的連繫。

要是替Kuro綁上項圈或是鈴鐺呢？或許是個方法，至少能讓人以為Kuro是有主人飼養的，衛生所的人要是看見貓脖子上的項圈應該也會對牠仁慈些吧，如果能把牠當作某隻午後溜出來漫步的閑散貓咪就再好不過了。

於是，亦慈去寵物店買了一副項圈替Kuro繫上，打從一見面起小貓就不太怕她，現在更是安分地讓她繫上項圈，也可能因為那是副知名廠牌生產的寵物項圈，所以識貨的Kuro完全不顯得排斥。

直到昱文向她正式提出交往的那天，兩人的話題還是繞著小貓轉。

「你老實說，你是不是不想聽Kuro的事？」

「不會啊，只是每次都只是聽妳講貓的事，可是我連那隻貓長什麼樣子都不知道。不如這樣吧，下次妳帶我去看看，我想我一定也會喜歡上牠的。」

「不用勉強也沒關係，如果你覺得煩，我們也可以聊些別的。」

「真的沒有勉強，我可沒自信自己的生活比一隻貓還有趣。」

昱文的話聽起來像是在刻意挖苦，但是那張誠摯的面孔又讓人感受不到一絲的惡意，亦慈猜想他大概是真的自認輸給一隻貓了，所以連吃醋較勁的動力都沒有。

「那下次讓你見見Kuro吧。」

雖然亦慈嘴上這麼說，但是她也沒有特別安排男友和貓咪見面的意思。因為那就只是隻普通貓咪，Kuro的特別之處若不是與牠相處過一段時日的人不可能察覺，而亦慈很肯定男友絕對沒有這分耐心，因此牠一定引不起男友任何興趣。

再說，昱文是個外型亮眼的男孩，不少女孩似乎都對他有意思，如果她在昱文面前表現得太過任性那這份感情會顯得更加脆弱。亦慈還無法斷言自己愛他，但喜歡這個男生的心情是肯定的，既然如此就不能不小心處理這段感情。

昱文和她都不是情竇初開的少年、少女，因此兩個人也深知戀愛是多麼棘手的習題。

「喜歡我嗎？」這讓亦慈沒來由地迸出一句，昱文稍稍睜大了眼。

不過，在恰到好處的時機點，他便回道：「喜歡。」

亦慈知道，對昱文來說這樣的應對幾乎已經成為本能反應了，畢竟只要一有機會她就會問男友這個問題，倒不是害怕男友變心，只是習慣而已，不知什麼時候養成的習慣。

有時不經意的問起、有時強硬地質問，昱文都能給出她想聽的答案。

這是理所當然的。

畢竟喜不喜歡，答案絕對不是能用言語表達的。所以她只是享受聽男孩子說喜歡她、愛她罷了。

至於昱文是不是真心的，她當然看得出來。她知道自己了解他，了解男孩子。

使亦慈興起讓昱文看看Kuro的念頭是在某次午餐約會，昱文和他提起朋友的寵物狗過世的事。

「那隻狗陪他也有七、八年了，結果他的狗死掉那陣子，那傢伙都沒有來上學。」昱文說：「雖然他家還養了好幾隻狗，那只不過是其中一隻罷了。」

「是怎麼死的？」亦慈問。

八年也不是小歲數，只是現在寵物狗都被照料得很好，許多都能活到十幾歲。

「被其他狗咬死的，好像是正在發情還是怎樣吧。來不及阻止，喉嚨就被咬斷了。」昱文事不關己般地說道。目光若有似無地放在亦慈白皙的頸子上。

「真可憐。」除此之外，亦慈也想不到更多適合的字句了。

她無法對那隻素未謀面的狗感到憐惜，因為腦海中對那隻狗的印象究竟是大型犬或是小型犬她都不知道，那只是隻已經死去的狗。

昱文也和她抱持同樣的態度，那隻狗的死不過是兩人閒談間的話題，很快便會被新的話題掩蓋，可能是有關Kuro的事或是昱文朋友們的笑話，那隻狗的死亡終究無法在主人以外的人心中佔足多一份份量。

在交往後的某一天，Kuro也會和那隻狗一樣吧。當自己為了Kuro而哭泣時，昱文也無法給予更深刻的安慰，他只能比看待那隻狗的死更加悲傷一點，而這份悲傷也不是因為Kuro，而是因為

Kuro的主人是自己。

Kuro或許不該受到這種待遇，亦慈也不願到時候為小貓悲傷的人僅有自己。

這是個自私的想法，但亦慈就是因為這種略顯扭曲的理由決定讓昱文看看小貓。

2

亦慈已經站在廢墟前好一陣子了。

昱文不耐煩地拿出手機，兩人來到Kuro住的這棟廢墟已經過了三十分鐘，但是這半小時連個貓影子都沒出現。

若不是不想潑女友冷水，否則他對小貓完全沒有興趣。

如今這耐心也逐漸被消磨殆盡，他正思考著該如何勸亦慈放棄尋找小貓。

「Kuro，你在哪？Kuro？」亦慈朝廢墟裡頭喊道，但是無論她怎麼喊，那棟廢墟依然死寂，攀附在腐壞建築上的藤蔓好像在擠壓這棟房子似的，只要稍微用力整棟建築便會應聲倒塌。

昱文不得不承認，當亦慈告訴他小貓住在這裡時他的確感到驚訝。同時他也佩服亦慈竟然能發現住在這裡的小小居民。

這一帶很多廢墟，這只是其中一棟，只不過要找到一間和它一樣爛得徹底卻未被拆除的房子並不容易。

亦慈仍在叫喚著小貓，孤零零佇立在廢墟前的她目不轉睛地盯著圍牆的洞口。她說，那是小貓和外界聯絡的窗口，如果小貓在家，肯定會從那探頭。

昱文走近洞口並彎下身來，往洞裡望進去是廢墟的一隅，以廢墟而言太過乾淨了，不像是有貓曾在這裡生活。

「我想Kuro應該是出遠門了，暫時不會回來。」昱文說。

「可是我帶了牠最喜歡的罐頭，牠不可能不出來的。」亦慈著急地說，她手上正抓著一罐罐頭。她的思緒有些紊亂，昱文也抓不到和她說話的步調。

「或許是吃飽了，不想見妳。」昱文開玩笑道，但是很快便意識到現在不是說風涼話的時候。淚水正在亦慈的眼眶裡打轉。

「抱、抱歉。」昱文想解釋自己並不是有意的，只是此時似乎閉上嘴巴少說兩句才是上策。

他繞著廢墟走了一圈，廢墟和其他房舍被防火巷隔開，獨立於整片住宅區，四周都被鐵皮圍住，除了剛剛看見的破洞外僅有位在同一側的簡陋鐵門作為出入口。鐵門和廢墟不是同個年代的產物，應該是後來由地主加裝的，只不過距今已是許久以前的事，那扇鐵門也爬了不少鏽斑。

他試著打開鐵門，發現鐵門上的銅鎖已經壞了，鏽蝕的銅綠屑沾黏在昱文的指腹上，昱文搓著碎屑，那些碎屑落在地上。在這之前，已有許多碎屑堆積在水泥地上，形成噁心的紋路。

「最近有人闖入這間房子。」昱文說。

「會不會是捕狗大隊？」亦慈不安地問道。

昱文聳肩。「不知道，如果他們聽見裡面傳來貓叫聲就有可能闖進去抓貓。」

同時，他注意到鐵門的角落放著一罐空的貓罐頭，幾隻小飛蟲在上面飛舞，稍微靠近點立刻就能聞到腐敗氣味。

罐頭的包裝和亦慈手上的那罐是同廠牌。

「今天是禮拜四，沒錯吧？」

「是呀。」

「還好，那小貓應該沒有被捕狗大隊抓走。」

聽見昱文的答案亦慈也鬆了口氣，並問道：「為什麼這麼說？」

昱文指著角落的貓罐頭，說：「那不是妳留下的吧？」

「不是，我不會把垃圾留在那。」

「因為要是讓清潔員發現這裡住著流浪貓對小貓有危險，所以妳不可能會把罐頭就這麼放著不管。」昱文自顧自地繼續說道：「所以除了妳之外，還有其他人也在照顧小貓。」

「是這樣嗎？可是，一直以來Kuro都是我餵的，牠不可能吃得了這麼多餐。」

「這麼說，妳昨天應該沒有來餵牠吧？」

被昱文質問道，讓亦慈有些尷尬，昨天她因為和朋友有約，沒空照顧Kuro，也因此，她才趁早上兩人都有空時邀男友趕來看Kuro，順便連同昨天那餐一起餵。

「不過，我前天有來餵牠。」亦慈辯解道。

「那就對了。」昱文沒有責怪她的意思，甚至因為自己的推論得到證實而臉帶笑意。他說：

「這代表另外一個人是在昨天來餵貓的。昨天是禮拜三，是清潔員打掃的日子，如果他是在清潔隊來之前餵的，那空罐頭也會被清潔員收拾掉，所以罐頭是在清潔員走後才被吃掉的，這樣就可以確定小貓不是被捕狗大隊抓走了。」

只是，縱然昱文替亦慈化解了其中一個不安的猜想，Kuro至今仍下落不明，所以亦慈也無法感到開心。

再說，昱文的推論是建立在小貓的潛在威脅僅有清潔員才成立的，如果這附近有住戶對貓感冒，那小貓隨時都有可能被抓走。

另外，讓他在意的不單單僅有失蹤的小貓。

還有地上的空罐頭。

「妳有見過另外一個餵牠的人嗎？」

亦慈搖頭。

如果亦慈認識另一個飼主就好了，只是她看起來不像說謊，她是真的不知道這個人的存在，那麼事情很可能往兩人都意想不到的狀況發展。

「但是這個人卻跟妳買同一家廠牌的罐頭餵貓。這也太巧了吧？那隻貓只吃這個牌子的貓食嗎？」

「Kuro也會吃其他家的，畢竟這家的罐頭很貴。」亦慈看著手中的罐頭說道，隨後又將罐頭交給昱文。「只是那孩子最喜歡的就是這家的罐頭沒錯。」

只見昱文的臉色越來越難看，他低喃道：「那就糟了。」

他不知道這個場合應該用什麼表情面對亦慈，最後還是吃力地向她擠出苦澀的笑容。「妳該不會是被變態盯上了吧？」

「變態？妳說另一個餵Kuro的人嗎？」

「是啊，不然那傢伙怎麼會知道小貓喜歡吃什麼呢？不可能是剛好買到和妳同牌子的罐頭吧？」

「會不會是看到我正好在餵Kuro，然後注意到罐頭的品牌了？」

「就算是這樣，那傢伙還是把罐頭的牌子記下來了，普通人應該不會這麼細心。再說，那隻貓也不是只吃這牌的罐頭，所以特地跟妳買同個牌子八成是想吸引妳的注意力。」

昱文又踢了踢腳邊的空罐頭。「特地把罐頭留下來不就是最好的證據？真的為小貓著想的人才不會把這種東西留在這邊。」

昱文心裡知道對方也可能只是個粗枝大葉的傢伙，只是此時為了強化自己的說法，只能先姑且如此解釋。

「那麼，是他帶走Kuro的嗎？」亦慈追問道。

「不知道。」

這隻貓會親近妳以外的人嗎？昱文本來想這麼問，但是亦慈是個連被人跟蹤都沒有察覺的傻女孩，實在不太可能觀察得如此細緻。

更何況當初與小貓相遇的原因就是因為貓叫聲引起她的注意，即使亦慈說小貓很安分，但從這一人一貓的邂逅故事看來，這隻貓其實挺怕寂寞的。

如果是這樣，那麼有關這隻貓的下落還有很多變數。

「那到底該怎麼辦？」

身後仍不時傳來亦慈的聲音，昱文無法提起勇氣轉頭面對那張哭喪著的臉，光是聽見亦慈嗚咽就另他難受。

他想起以前家裡養的那隻狗，那隻叫拐子的雜種狗。發現牠失蹤那幾天，母親及妹妹也和亦慈一樣，帶著那雙哭腫的雙眼，不停替那隻下落不明的狗做無意義的禱告。

要平安回來啊、不要碰上壞人啊，諸如此類沒有意義的舉動，比在電線桿上貼尋狗啟示還沒有意義。

那隻笨狗是不可能回來了，要怪就怪自己當初為什麼沒有照看好這些蠢東西吧。

如今自己的女友遭逢同樣的處境，昱文卻也抱持著和多年前無異的想法。他當然替亦慈感到難過，但是這份悲傷不多也不少，僅是因為「女朋友」這個身分而讓昱文覺得自己應該要和亦慈渲染上同一層情緒。

那是最吝嗇的體貼，但是昱文從以前便是這樣，如此的人生觀他也不曾興起改變的念頭。

「先在附近找找看吧。動物不都有領地概念嗎？不會跑太遠的，那隻貓說不定只是去外面散步，一時忘記回家了，現在擔心還太早。」

昱文也不知道自己笨拙的言詞算不算是安慰，只是他的確盡力了。

「可是每天這個時段Kuro都會在家的，牠知道我會來，所以絕對不會亂跑。」

但是妳昨天不就放那隻貓鴿子了嗎？

如果亦慈不是他的女友，昱文肯定會毫不留情地數落她。

「先去找找看吧，貓很難伺候的。」

昱文彎下身撿起罐頭，罐頭散發的異味和上頭沾染的油汙讓他忍不住皺起眉頭，他不帶絲毫猶豫便將空罐扔進一旁的垃圾桶。

「不然妳先在這等Kuro回來，我去附近找找看。」

好。亦慈低著頭站在廢墟門口動也不動，僅有微弱的聲音傳進昱文耳裡。

3

每個月末，軒宏得要登門拜訪那些遲交房租的房客。

那是棟四層樓高的小公寓，已經有二十幾年歷史，名符其實的舊房子。是他叔叔其中一棟房產，近幾年來以當地學生為租客群重新裝潢，因此，低矮的老公寓內塞了近十戶，住客並不全然是學生，也有看上便宜租金而入住的單親媽媽或是過著清貧生活的獨居老人，但至少會在這租屋的都是些對生活品質沒有太大要求的人。

軒宏的叔叔似乎不太在意這裡的租金，據說這裡本來就是他和朋友抱持玩票性質而一時衝動買下的，因此自從軒宏因為就讀附近大學而入住後，租金管理的工作就順勢交給他負責。收到的錢你就算花掉也無所謂。叔叔是這麼告訴他的。

不過，大多租客還是會按時把錢匯到叔叔的戶頭裡，所以軒宏也沒有很多經手現金的機會。那些選擇用現金支付的人多半都是學生，不是還沒有自己的帳戶，不然就是戶頭被父母親控制著，才會直接付現省事。

當然軒宏不可能擅自把叔叔的錢納為己用，就算叔叔不是在開玩笑他也不會這麼做。

當月有三戶逾期未繳房租，今天早上其中一戶已經來電道歉過了，對方是個研究生，說是因為專題研究出現變卦所以一時忘記，這兩天內就會把錢匯進戶頭，所以應該不用擔心。

另外一戶是名獨居的老先生，是遲繳房租的慣犯，對方並不是會因為經濟問題而感到困擾的老人。每次看見站在門口準備向他催繳房租的軒宏時，那老先生總是很熱情地邀請軒宏到屋裡坐坐再走，同時抱怨自己上了年紀，不可靠的記憶力讓他老是忘記房租這回事。

所以真正讓軒宏感到困擾的並不是向一名年過七十的老人索討房租這回事，而是要如何拒絕一名老人的盛情邀約。

軒宏害怕與人交往，不論對象是男女老幼，似乎只要是和他有著相仿外型的生物都令他感到恐懼，所以他總是藉故推辭老人的邀請。

「不用了，阿伯。我等等還要去跟樓上的收租金呢。」

「還有其他人也忘了交錢嗎？哈哈哈。」老人笑得開懷，或許僅是和他聊聊天便能讓他開心了。

軒宏生硬地回以笑容，他不知道該如何接續話題。

「啊，說到樓上的……那戶有養貓嗎？」

「貓？」

「你沒聽到嗎？我每天晚上都聽得見喵喵叫的，你怎麼可能沒聽到？不知道是哪裡養的貓……」

「公寓不能養貓，會不會是附近的人養的？還是流浪貓？」

「啊、啊，有可能。」老人沒打算追究下去，只是既然有住戶提起貓的事，那麼身為實際管理員的他或許有必要確認是否有住戶違反規定飼養寵物。

「阿伯你說貓叫聲是從樓上傳來的？」

「聽起來像是，」不過，老人很快又搖手道：「沒有沒有，應該是我聽錯了，你們年輕人沒聽到就算了，這也不是什麼大事，算了吧算了吧。」

簡單地和老人客套幾句後，軒宏依照原定計畫來到三樓。最後一戶，是和他同社團的學弟，不過軒宏和對方也沒有太深刻的往來，至少他不會把那個人當作好友看待。

那個人是林慶揚，和軒宏一樣是慈幼社的社員，當時也是軒宏向找不到住處的他介紹這裡的。

林慶揚不曾遲交過房租，是個守規矩的人，沒有做出任何異於常人的舉動。站在房東的立場，他確實是模範房客，不會藉水電、網路問題刻意找軒宏麻煩，也不曾帶給其他住戶困擾，交友圈似乎也相當單純，會出入他房間的人從來都只有承租人本人。

林慶揚的房間就在老人的房間上方，可是他看起來不像是會養貓的人，雖然軒宏也不知道貓奴應有的長相為何，但他就是認為林慶揚不是喜歡動物的人。

這並不是對林慶揚的偏見，畢竟喜歡動物的人和好人絕非等號，同理對動物沒有好感的人可能也是樂善好施的大善人。

當他攀上三樓的階梯時，正好看見林慶揚正在鎖門。

林慶揚穿著簡便不像是要出遠門的樣子，這讓他背後的背包顯得突兀。

他完全沒有注意到軒宏，即使軒宏故意加大腳步聲也沒引起他的注意，軒宏沒有辦法，只能主動開口打招呼。

「是你啊。」林慶揚慢吞吞地說，接著才像是想起軒宏的身分般又補上了一句「學長。」

「要出門？」軒宏問道。

軒宏從來都不會搬出學長的架子，更遑論房東代理人這個一點都不響亮的稱號。他僅是簡單地向林慶揚招呼。

「嗯。去附近走走。」

雖然林慶揚嘴上這麼說，但是雙眼游移不定的模樣，讓軒宏更難忽視他背上的背包。

而當他靠近林慶揚時，立刻從他的身上聞到一股異味。

他無法準確形容那股氣味，但那絕對不是會讓人感到舒服的味道，甚至可說是腥臭。腦海中第一個浮現的便是鯡魚罐頭的臭味，雖然他沒有實際嘗過鯡魚罐頭，只是他認為這股味道絕對有辦法匹敵那道臭名昭彰的瑞典食品。

「好臭呀。」他忍不住埋怨道。

「有、有味道嗎？」林慶陽也嗅了嗅自己的衣袖。

「遠遠地聞不到，不過一靠近你就聞到一股腥味。那是什麼味道啊？」

林慶揚沒有回答他，又慌張地打開門鎖，回到房間。

雖然只有一瞬間，不過軒宏發現不僅林慶揚本人，從他的房間內似乎也傳來異味。

由於承租客多半是大學生，許多人都不太注重個人衛生，因此軒宏並不太想追究房間整潔問題，只要在退租時能讓房間維持原本的樣貌，或至少不會讓下一個房客感到困擾的程度就夠了，其餘不論房客想在房內種香菇或是醃鹹魚他都會睜一隻眼閉一隻眼，所以依照平常的情況而言，軒宏是不可能對租客的房間產生好奇的。

只是那股味道實在太奇特了，尤其氣味還蔓延至本人身上，而當事人卻完全沒有察覺。

「對了，還有這個月的房租……介意我進去打擾一下嗎？」軒宏問道，雖然兩句話之間不存在前因後果，只是林慶揚並沒有對此產生疑問，他只關心此時自己身上的味道，隨口便同意軒宏的來訪。

「隨便坐。我去想辦法把這味道弄掉。」他走進浴室，留軒宏一人在主臥室內。

因為三樓全是學生宿舍的緣故，房間內除了浴室外並沒有其他隔間，不像二樓老先生的房間功能完備，林慶揚所在的這一層樓連廚房都得和人共用，因此當他走進林慶揚房間時，也只能尷尬地站在門口，不知道林慶揚指的「隨便坐」是指他的書桌還是他的床上。

何況，在腥臭味的來源未明前，軒宏也不想貿然行動，沒準一屁股坐下就發現位子上沾滿黏液也說不定。

軒宏自己就是個男大生，他很清楚讓這年紀男生獨居的後果。

所幸，林慶揚的房間至少還算整齊，不會堆得滿屋子垃圾，也沒有把衣物隨意亂丟，乍看之下，甚至會覺得房間的主人挺注重個人衛生。因此，他反而對那股臭味更不能釋懷。

房間內有兩處通風口，其中一個安置於窗戶旁的牆上與戶外相通，另一個則是在天花板，與同層的其他房間相連，據說原本是設計為中央空調，但後來考量到成本而放棄，因此通風孔如今就僅剩下安置冷氣機以及得知隔壁住戶今晚菜色這種惱人的作用。

所幸目前都還沒有接到同層其他住客的投訴，這代表味道還不算很強烈。

「還有味道嗎？」當林慶揚從浴室走出來時，已經換上一件新T恤了。

他粗魯地把伸出手臂硬湊到軒宏鼻頭前，軒宏下意識地屏住呼吸，並敷衍道：「沒了沒了，已經聞不到了。」

待在室內的他或許已經不知不覺間習慣這股異味了，因此就算林慶揚這麼問他也沒自信給出正確答案。

和林慶揚一同離開房間時，軒宏才想起要問他是否偷偷飼養寵物的事。

雖然沒有一個犯人會坦承犯案，但若是不給人認罪的機會就太惡劣了。即使軒宏不覺得在公寓內養動物稱得上是惡行，但作為管理員的他有必要在不冒犯到住戶的前提下兼顧每個房客的權益。

「沒有。我什麼都沒養，怎麼了嗎？」

「沒什麼，只是確認一下而已。因為有人說最近常聽到貓叫聲。」

「最近好像有不少野貓，是發情期嗎？」林慶揚輕描淡寫地答道。「對了，學長，你喜歡貓嗎？」

「問這個幹嘛？雖然說不上喜歡，但也不會討厭就是了。」

「喔！不過你是慈幼社的吧？不喜歡小動物嗎？」

「這跟慈幼社沒有關係。」軒宏不知道為何對方要突然提起慈幼社，而林慶揚皮笑肉不笑的說話方式也讓他感到頭皮發麻。

「我還蠻喜歡貓狗的，可是我並不是動保人士。」

這跟我有什麼關係？軒宏差點將這句話脫口而出。

「這樣啊。」

「因為我不是素食者嘛，所以不能說自己是動保人士。雖然牛很可愛，但是牛排也很好吃。」

「是這樣沒錯。」

「真奇怪呀。」林慶揚搔了搔頭笑道：「看見牠們被端上餐桌時應該要為牠們感到可憐才是，結果還是忍不住吃得津津有味。」

軒宏不知道林慶揚那抹笑容的背後到底想表達什麼，但是對方主動延續話題讓他也不好意思打斷。

「以前我和家人去牛排館時，就聽到一個小孩跟他爸媽說『牛牛好好吃哦』，不覺得小孩說這種話意外的殘酷嗎？我還記得那家店的logo就是一隻牛端著牛排比讚，好像很多店的招牌都長那樣，每次看到都覺得很變態。」

「我們原本不是在講貓嗎？怎麼扯到牛去了？」

「差不多嘛，反正你又不是動保人士，牛、豬、貓、狗好像沒什麼差別。」

「你還有事不是嗎？知道你沒養貓就好，我還要去找其他房客，就先不跟你聊了。」

「那就這樣吧，學長。」

林慶揚肯定也注意到軒宏臉上的不悅了，只是他並沒有露出任何歉疚的樣子——雖然他也的確沒有得罪任何人。他再次確認門已上鎖並向軒宏告辭後，不疾不徐地走下樓梯。

過一會兒，直到林慶揚的腳步聲消失在樓梯間後，軒宏才想起忘記跟他催繳房租，只是他也懶得追上林慶揚的腳步。

下次碰面時再提就好了，說不定林慶揚過幾天想到，還會自己把租金送來。軒宏心想。

這時，林慶揚對門的房客正好回來了。

「嗨。」朱昱文向軒宏打招呼後，又低頭盯著手機。

雖然論輩份是軒宏比昱文年長，但是昱文以前曾幫了他不少忙，縱使軒宏從來沒有想擺出學長架子的意思，但這下反而讓學長在學弟面前完全抬不起頭來。即使自己在對方眼裡肯定相當卑微，但軒宏也不想和昱文撕破臉，比起和人起衝突，他寧願唯唯諾諾地繼續相處下去。這樣的個性在一些朋友眼裡看來相當窩囊，但已然成為他的待人處事之道，因此剛才就連面對林慶揚他的態度都無法強硬。

朱昱文就住在林慶揚對面，所以通風管是相連的，那麼他或許有聞到味道或甚至聽見貓叫聲才是——如果林慶揚真的有養貓，而且這味道濃烈到能影響同層住戶起居的話。

「最近有聽到貓叫聲或是什麼怪味嗎？」軒宏說，眼神不時瞟向林慶揚的房門。

「怎麼？對面的人偷養貓啊？搞不好是我認識的貓。」昱文先是露出困惑的表情，隨後立刻察覺軒宏的意思，臉上浮現從容的笑容。

「你認識的貓？」

「這幾天我在找一隻貓，是我女朋友在附近照顧的一隻流浪貓，最近走失了。」他眨了眨眼睛：「雖然好像不能說流浪貓『走失』就是了。」

說完，昱文的視線也隨著軒宏來到林慶揚的門前。「所以這傢伙被你抓到把貓偷渡進宿舍？」

「沒有啦，只是來收房租而已。」

既然朱昱文沒有主動提起房間內的異味，那代表林慶揚房內的味道還不至於影響到其他住戶，否則首當其衝的肯定會是朱昱文

「喔！我還想說會不會剛好Kuro被他抱走了，不過天底下不會有這麼巧的事吧。」

「Kuro是那隻貓的名字嗎？唉，除非房裡傳來貓叫聲，否則就算是我們也不可能知道。」

「你是房東，應該有每戶的鑰匙吧？」

「有是有，只是哪有人因為這樣就亂開別人的房間。男生就算了，這一棟還有女孩子住。」

「的確。」不過昱文的嘴角卻露出令人厭惡的淺笑。

那傢伙的私生活還挺輕浮的，以前常帶不同女孩子回宿舍，直到現在有固定交往對象才稍微收斂點。八成是提到女孩子讓他想到什麼下流的事了。

明明是有女朋友的人卻還是滿腦子不正經的事，不過或許正因為他是這種人才有機會找到和他比翼雙飛的對象。軒宏憤憤地想。

「那隻貓長什麼模樣？跟我說，或許可以幫你留意看看。」

「這個嘛，是隻很沒特色的雜種貓。」昱文遲疑了一會，似乎無法找到適合的字彙形容貓咪。

「啊！鼻頭上有痣。」最後他說。

「痣？只有這項特徵嗎？」

「還蠻明顯的，除此之外就是隻花貓，看起來像三花貓，不過牠大部分的毛色都是黑色，所以我想肯定是頭雜種貓。」

「這描述太籠統了。」

「我盡力了。」昱文苦笑。

「總之我會幫你注意的。」

「不用太在意，我自己也不覺得那隻貓找得回來。」昱文聳聳肩。

「總要努力看看嘛。」

「沒辦法啊，要是跑到月球上怎麼可能找得回來。」

「什麼月球？」

「你沒聽過嗎？聽說在月球暗面有喵星人的基地，他們好像可以藉此來往月球和地球間。只是定位系統不太穩定，所以貓咪才會容易走失或是出現在奇怪的地方。」

「你這是什麼小說情節？《貓戰士》？」

軒宏沒有看過《貓戰士》，只是關於貓的奇幻故事他一時也想不出其他例子。

「不是，忘記是以前看哪部小說上面寫的。聽起來還蠻有趣的。」

「不過那是不可能的。」

「但是不這樣解釋，就沒辦法說明Kuro為什麼不見了。要是最後真的找不到那隻貓，我也只能這樣告訴亦慈了，簡直跟哄小孩一樣。」昱文無奈地嘆息道。

「你去收容所看過了嗎？那隻貓。」

「我想亦慈應該去過了。」

雖然昱文沒有明說，但他的表情似乎代表尋無所獲。

軒宏也不知道自己還能幫上什麼忙，他只能像是做出總結般說道。

「一定能找回來的。」

昱文吞了一口唾液，小聲地說。

「希望如此。」

4

謠傳最近有變態出沒，會把女孩子晾在陽台的內衣偷走。

起初只是臉書社團裡某則不起眼的貼文，受害的女學生也只是簡短地描述自己的遭遇並告誡其他人多注意而已，想不到底下有為數不少、自稱受害者的人紛紛冒出來說自己也碰上貼身衣物不翼而飛的情況。

可能是因為個人隱私的緣故，那些女孩沒有交代進一步細節，只不過這顆雪球已經在短短幾天內越滾越大，甚至有人把案件的犯人和幾年前曾發生的性侵案連結在一起。

當年那起案件的犯人似乎因為罪證不足而宣判無罪。雖然最初案情指向受害者遭犯人脅迫，不過隨著越來越多相關人士出面澄清，最後不論媒體或檢方皆一致認為是純粹的感情糾紛，而案情的結果如何也就隨著媒體的失寵而不了了之。

雖然亦慈對這起案件的了解僅限如此，卻不難理解為何有人會將它與內衣物失竊的事件做聯想。即使當年的嫌疑犯真的是受到誣賴，也難保他完全清白，未來也不會作出任何危險的舉動。會導致自己陷入不義的人必然有他自己的原因在。

而未爆彈永遠是最危險的，比起一般的炸彈，它無時無刻都在散播著恐懼。

更何況，發現Kuro消失的那天，男友還推測可能有人盯上自己。

昱文雖然有時候有點輕浮，只是還懂得拿捏玩笑的分寸，當他這麼說時，絕對不僅是空口胡謅。

因此，Kuro走失後，這幾天都是由男友接送她上下學的。就連外出尋找Kuro時也是由昱文陪同，亦慈雖然不想一直麻煩他，可是昱文卻很堅持必須守在她身旁。

他在兩人交往前都不及現在貼心。自己認識的昱文從來不是個會特地逗女孩子開心的人，所以當他作出暖心的舉動時，肯定是真誠地替自己著想。

如果Kuro沒有消失，昱文就不會這麼對她，她就見不到昱文體貼的那面。

本來應該痛苦的時光因為男友而得到紓解。如果這是用Kuro的失蹤換來的……

那小貓的離去似乎沒有那麼不值。

小貓失蹤後第四天下午，亦慈留在宿舍處裡報告用的簡報。昱文和她好像有心電感應似的，正當她作業告一段落時就接到昱文的電話。

「我剛才經過小貓住的廢墟，想說進去看能不能找到什麼線索，結果發現斷掉的項圈。」昱文簡短的說明道，呼吸聲有些急促，可能是在發現新線索後便一路狂奔過來。

「項圈？是Kuro的嗎？」

「應該是。」昱文說：「我現在在妳家樓下。總之先拿上去讓妳確認一下吧。」

見到昱文時，他正喘著氣，臉龐沾上塵土，合身的牛仔褲上也黏了木屑和碎葉片，讓亦慈感到很不好意思。

連招呼都還來不及打，他便從口袋中掏出項圈並說道：「妳看看這個是不是那隻貓的。」

紅色的、皮革製的項圈上有金色的圓形鑲釘，亦慈不可能看錯，這的確就是前陣子她幫Kuro買的那副項圈。

不過和昱文說的一樣，項圈的扣環已經脫落了。在外人眼裡看來，那副項圈已經不再是項圈，而成為一條皮帶。

「項圈留在那裡，果然不是衛生所的人抓走的……不，也有可能項圈因為某些事故脫落了結果剛好那隻貓又剛好被衛生所的人發現也說不定。」昱文喃喃道，只是亦慈完全沒有心情陪他分析。

那副項圈還很新，也不是劣質品，如果說項圈是自然而然壞掉的就太牽強了，肯定是遭人破壞，否則憑Kuro自己絕對不可能弄壞項圈。

雖然小貓生死未卜，但是看見斷掉的項圈就宛如宣言小貓已遭遇不測。

亦慈拚命克制浮現在心中的種種可能性，故作鎮定地問：「是在廢墟裡發現的嗎？」

「是啊。看來小貓應該是在廢墟裡被抓走的不會錯了。」昱文又指著項圈說：「項圈上面還少了一顆鑲釘，應該是被扯下來的，可是皮帶沒有破損，所以不太可能是被樹木勾到，大概是拎著小貓時扣環連同鑲釘一起脫落的吧。」

他輕輕嘆了一口氣。「會這樣抓貓的人，大概不會好好對待動物。」

「不用你說我也知道。」亦慈白了昱文一眼。

「啊……抱歉。」昱文很快又接著說：「如果項圈只是不小心留下來就好了。」

「你的意思是？」

「這只是假設，萬一項圈不是不小心被留下，而是刻意被留下呢？跟貓罐頭一樣。」

「你是想說餵Kuro的和抓走牠的是同一人吧？可是你剛才才說抓走Kuro的人不喜歡貓，那為什麼要特地買東西給牠吃？博取信任？」

「不是的。我想貓怎樣對他而言都無所謂，那傢伙不太會跟貓相處，大概也不怎麼喜歡貓，所以小貓掙扎才會把項圈弄斷。」

昱文神色嚴肅地對亦慈說：「這是故意要讓妳發現的。項圈大概是故意被丟在那的。妳說那隻貓每次都會鑽出來吃罐頭對吧？換句話說，要想抓到貓就只能在那時候才抓得住，生物覓食時往往是最脆弱、最沒有防備的時候。」

「不是走到廢墟裡抓嗎？」

「我原本也是這麼想。只是要想在廢墟裡抓到一隻小貓不太可能，牠們手腳太快了。」而且廢墟裡也有許多人類觸及不到的死角。

亦慈也大致掌握昱文的論調了，她接續昱文說：「所以那個人先抓住Kuro，再把牠的項圈扯下來丟掉？」

「而且為了確保妳一定會發現，所以故意把項圈丟在廢墟裡，要是隨便丟在路上可能會被人丟掉或是踢到別的地方。總之，那個人認為妳一定會走進廢墟找貓，所以才把證據留在那裡。」

昱文接著說道。

「這、這個舉動該怎麼說，就好像瘋狂粉絲想向偶像強調自己的存在所以故意做一些讓人反感的舉動一樣吧。妳真的沒有認識那種人嗎？雖然妳可能不會想跟我說，不過要是放任這種人下去事情會很難收拾。」

昱文的說法讓亦慈怔怔地盯著斷掉的項圈好一陣子，一句話也說不出來。

她完全無法想像自己會成為昱文口中的「瘋狂粉絲」的目標。

雖然就外表而言她的確是個幸運的女孩，求學路曾有過不少追求者，但印象中並沒有人真的對她死心塌地，那些向她示好的人僅不過是因為看上她的姿色這般膚淺的理由罷了。說喜歡她，倒也不是真喜歡，更遑論願意為她付出了。

可是換個角度想，那些只是正式向自己表示好感的人，或許生活中有某個人正潛伏在自己身邊，每天都注視著自己，而對於一直保持沉默的那個人，也沒機會發現他的存在。

亦慈平常根本不會考慮這種事，她甚至覺得懷抱這種想法的人未免太自以為是，只不過如今碰上類似的狀況才讓她不得不考慮這番可能性。

而越加深思，便越覺毛骨悚然。

聽說這類人的共通點就是自我意識過剩，舉凡一個微不足道的舉動在他眼中可能都如晴天霹靂般震撼，若是如此，那麼或許那個人和亦慈僅有一面之緣。可能是同系而且每次都坐在角落的男生，或是在便利商店任職的店員，單單是稍微與那種人對上眼神，或是出於禮貌而主動招呼，就很可能會在他心中引起波瀾。

亦慈努力回想著，記憶中是否有如昱文所說的嫌疑人候選？答案是肯定的，或許任何一個女孩子都有機會碰上，可能是在公車也可能是捷運，甚至在路上不小心擦肩而過都有可能。那些帶著黏膩眼神和淫猥笑容的人是存在的，而且數量遠比想像中還多。不是每個人都會做出進一步舉動，但趁著女孩子尚未走遠而對她品頭論足的下流胚子總令她反胃。

亦慈不經意地看向昱文，昱文也察覺到她的視線了，突如其來的舉動讓昱文眼神產生動搖，不過為了讓亦慈安心，他還是努力撐起笑容。

是抹清徹的微笑。

還好，遭遇這種事的自己絕對不是世界上最不幸的人。

「你碰過嗎？」深呼吸後，亦慈向昱文問。

「碰過什麼？」

「瘋狂愛著你的女孩子。」
昱文先是一愣，隨後搔著頭尷尬地笑了。
「哪有這種事。」
「沒有嗎？不過，還蠻多女生喜歡你的吧？」
身為女友的自己問男朋友這種事對他而言恐怕就如「你媽和我同時掉進水裡你會先救誰？」一樣困難，不，對昱文而言或許這才是真正的世紀難題，畢竟亦慈還記得昱文說過，他的泳技是由母親一手訓練出來的。
此時，亦慈才意會到自己竟然連這種無關緊要的事都記得一清二楚，雖然現在的處境完全無法令人高興，但亦慈還是忍不住笑了。
尤其當她看見面前的男人笨拙地笑著時。
「沒事的，我只是想說你有沒有碰過這種事，想向你討教而已。」她說：「真的沒有嗎？」
「才沒有。」昱文咕噥道，音量幾乎只有本人聽得見。
「不過啊，」為了轉移亦慈的注意，他高聲說道。「這傢伙簡直不把我放在眼裡，那個人難道不知道妳已經有人認領了嗎？就算妳能忍受，我也嚥不下這口氣。」
他磨著拳頭，又朝空氣出拳，模樣有些滑稽。
這大概也是男友為了安撫自己的不安而故意耍寶吧！昱文自從發現Kuro失蹤後一直都很淡定，即使推測出瘋狂追求者的存在也不顯露分毫慌張。這讓亦慈有種說不上的違和感，有時她甚至猜想這起事件說不定讓昱文樂在其中。

可是，他也相當照顧亦慈，這讓亦慈完全找不到藉口挑剔男友的小辮子，甚至有點被他牽著鼻子走的感覺。

「所以應該沒有這種人吧？」昱文再度問道。

亦慈搖頭。她無法斷言，但是腦海中的確沒有浮現相應的人物。

「我還有你在，可是Kuro沒有人能依靠呀！這不就像是綁架嗎？」亦慈思考一會後，又開口道：「如果報警有用嗎？說是養的貓被人綁走了。」

原本一同陷入沉思的昱文立刻抬起頭來，說：「警察才不會管這種事。而且那隻貓也不是妳的，就算告訴警察有人在跟蹤妳，但若是給不出具體的形象警察大概不會受理。」

「怎麼這樣……」亦慈感到喪氣，不知該如何回應。她不甘一直處於被動位，更無法忍受Kuro被一個變態脅持。她不好意思再拜託昱文調查那人的底細，可是單憑自己的力量事情根本不會有轉機。

「聽說很多人會妄想自己被人跟蹤、被人追求，警察大概很常碰上類似的報案，所以我們還是靠自己比較實在。」

「可是我們什麼都做不了不是嗎？」

「現階段來說是這樣，但是我相信不久後綁走貓的人肯定會有進一步動作的。」

「是嗎？」

「一定是這樣沒錯。因為我們的進度比犯人的設想還要緩慢，這時他肯定已經等得不耐煩了。」昱文的口氣充滿自信，他握著亦慈緊握項圈的手說：「發現小貓失蹤的那天我們並沒有發現項圈，當時我們對於是否有人跟蹤妳這件事還沒有定論，直到今天看見項圈才總算是確定妳被人盯上。也就是說如果我們在那天就發現項圈，那應該能直接推論這是那個人留下的訊息，我們的調查也會有明確方向，而那個人肯定也能執行他下一步計畫才是。」

「等等，你的意思不就是指那個人直到現在都還在暗中監視我嗎？」

「恐怕是這樣沒錯，所以我才會問妳知不知道可能的人選，因為那傢伙照理來說應該是妳生活圈裡的人才對。」

好噁心。亦慈不安地搓著自己的手臂，一想到某雙眼睛可能正盯著自己就讓她想吐。

「我真的不知道。」

「不知道也沒關係。這樣正好，那傢伙要是發現妳根本不記得他反而會開始著急，我想再等一下他應該就會嘗試跟妳連絡了。」

「聯絡？是要我把Kuro贖回來嗎？所以Kuro應該不會有事吧？」

「應該。」昱文咬緊下唇。「他沒道理傷害小貓，如果他真的喜歡妳的話，就不該做出任何會讓你難過的事。」

「可是他已經做了。」亦慈冷冷地說道。

她很快便發現自己無形中竟然遷怒於昱文身上，雖然昱文臉上沒有任何不快，但她還是補上一句。

「我是說，還好有你在，真的。」

昱文搖搖頭表示不用在意。亦慈的歉疚毫無掩飾地浮現在她的臉上，沉重的空氣壓得兩人喘不過氣來。

「我只希望能快點找到牠，其他怎樣真的都無所謂。」

「我們會找到他的。不用擔心，我會一直陪著妳。」

昱文的手搭上亦慈的肩膀，平靜地說道。

「因為……」

「因為我愛妳。」昱文說。

而那正是亦慈最迫切想聽見的話。

三天後，Kuro的遺體被發現丟在昱文宿舍的子母車裡。

林慶揚的網誌（3）

世界真小。

平常總覺得這句話聽來浮濫，可是真的碰上時也只能如此感嘆。

許多年不見，與以為從此淡出生活圈的舊識在碰面總是讓人感到心情複雜。

還是以不太理想的形式相遇。

或許不幸中的大幸就是她並沒有認出我吧？雖然我也沒能提起勇氣跑到她面前跟她打招呼，回想過往，留下的盡是些糟糕的回憶。

再怎麼說都只是某次在路上錯身而過，說不定她早就把我忘了，如果真是這樣就再好不過了。我想彼此都不知道竟然在許多年後還會就讀同一間大學吧。

無奈事情並沒有想像中簡單，有時真覺得造化弄人莫過於此。

她似乎正跟我在調查的對象交往。

常看他們同進同出的，除了男女朋友間的關係我也想不到其他答案了。

不過和真正的情侶相比，他們膩在一起的時間似乎又比其他人少，常看她一個人走回宿舍，每每都覺得是不是該現身去打招呼比較好，繼續躲下去也不是辦法。

但這樣一來，就必定會和那男的產生交集，到時我有辦法裝作完全不知情的樣子和那對男女相處嗎？

我沒有自信。

今天也一如往常的，我在她每天必定會經過的那條路上等她。

有時我不禁捫心自問，到底這麼做有什麼意義？什麼也不做，就只是躲起來看著她。

心底總有個聲音告訴我，該做些什麼，如命令似的。

就好像那男的所做的事一樣，我也應該做些什麼，對他所珍惜的人，做些什麼。

那天的我腦海內被這可怕的想法糾纏著，遲遲揮之不去。

巧合的是，唯獨那天直到最後她都沒有出現。

失望的同時也鬆了口氣，在一瞬間我像洩了氣般感到四肢癱軟，自我厭惡感油然而生。

今天就算了吧。正當這麼想時，聽見那棟她老是喜歡駐足的廢墟裡傳出貓叫聲。

喵——

聽起來有些刺耳的貓叫聲，一點都無法讓人興起憐憫的念頭。

這時我才想起，她在這養了隻貓。

我走近廢墟，伴隨貓叫聲傳出，一隻幼貓探出頭來。

說不定牠其實是隻意外可愛的貓。

我不禁這麼想像著。

關於我和殺貓犯（1）

1

好不容易才把東西全部整理完，趁搬家公司來之前不聊點輕鬆的話題，還要再提起林慶揚嗎？

想多了解他？唔，我能理解亦慈妳的心情，不過一時之間我也不知道要從哪說起……

我和林慶揚不僅是同宿舍的鄰居，還是同一個社團的學長學弟。昱文你不知道吧？畢竟那時候你已經退社了。

應該說，我是在慈幼社認識林慶揚後才介紹他和我在同一處租屋的。

不，我並不擔心林慶揚會對社團名譽造成影響，當然這並不是因為我對慈幼社有信心，只是單純不在乎而已，畢竟慈幼社從一開始就只不過是個掛名社團，我想沒有人會特別在意吧。

既然這樣，當初為什麼要加入慈幼社呢？這是個好問題，但解釋起來很麻煩，而且也讓人有點心虛。

這個話題恐怕跟林慶揚沒什麼關係，畢竟是我自己的事，如果兩位……不介意嗎？也對，畢竟本來就是隨便聊嘛，林慶揚的事情已經結束了。現在亦慈也要搬進來了，這裡以後應該會熱鬧得多吧。

我看起來很緊張？是嗎？啊，還請不要介意，很多跟我說話的人常這麼說，老毛病了，也不知道怎麼改。這樣的我卻跑去參加慈幼社這種需要跟陌生人長時間混在一起的社團，聽起來很諷刺吧，不，正因為相處的對象大多都是小孩子或老人所以更能放心也說不定，對吧？就像和小動物相處時一樣，不用去揣測對方的心思，只有這樣才能讓我稍稍喘息……呀，抱歉，再繼續說下去話題只會越扯越遠……只是若問我是如何看待林慶揚的，那果然還是得從我加入慈幼社的契機開始說起。

雖然不管怎麼起頭都很突兀，但以前我在國外住過一陣子。雖然這麼說，不過大多時候我都把自己鎖在房間哩，在非常偶然的機會下才會出門閒晃。

即使如此，也還是走在每天來往學院和宿舍間的那條路上，我從未能對它興起一絲熟稔，那些紅磚瓦房不論經過幾次我總覺得它們不順眼，無奈它們大概是整條街道上最不突兀的存在，真正煞風景的或許是我這杏仁眼的扁臉人也說不定。

之所以記得這麼清楚是有原因的。當時，一群年輕人與我擦肩而過，我知道我曾見過他們，那不過是兩、三個禮拜前的事，那天他們也是和今天一樣從我身旁走過，不同的是，我聽見其中兩個人刻意發出了幾個模仿中文聲符的音，聽來就像是「清、槍」，同時，那幾個人還不忘刻意捲舌，以幾乎要能折斷舌頭的力道向我描述他們對中文還有使用這種語言的黃猴子們的印象。我早已耳聞這種行為是很常見的歧視，更嚴重的狀況我也遇過，所以並不是太介意。

只是第二次見面時，他們什麼也沒說，似乎已經篤定我是個無法取樂的對象，就這麼走了。又或者，他們今天已經見過太多亞洲人，而他們根本分不清楚每張東方臉譜有何不同——正如同我們看他們一樣，所以他們也懶得區分我和那個兩周前遇到的小夥子是不是同一人，彷彿我們之間只有二十世紀前高加索人和蒙古人間的差異。

可是我記得很清楚，那個帶頭戲謔我的人的長相。他的長相並不是特別出眾，臉上的毛髮也很濃密，第一次見面時酒窩那還長了一個大膿包，而一頭捲髮在這個國度也不是太過稀奇的特徵，倒是體格壯碩得嚇人，穿著緊身運動服更凸顯分布過於完美的肌肉曲線。

所以再次見到他時，我一眼就認出他來了。

只是那個兩周前還在他右側酒渦上的皰瘡已經不見了，連傷疤也沒留下。這讓他看起來更加陌生，但至少當他和朋友們一起出現時，就能提醒我自己還沒忘記這張面孔。

而他們什麼也沒說，走了。

這是個有點古怪的想法，因為我竟然對此感到有些落寞，某種近似孤寂的失落感充盈在我心中。我並非事先在心裡擬好稿準備下次見面時對這些種族主義者復仇（這種事只有結伴成團的中國人幹得出來），而是純粹的、沒來由的感到失望。

於是，我突然想起，許多年前和父母親到日本玩時，我也曾在京都的街頭迷失過一次。不過和這次不同，那次的迷路是非自願性的。

我已經忘記那次是在哪迷路的了，我想大概是清水寺那一帶。那是觀光客必定造訪的著名景點，所以不會錯的，我肯定是在那兒迷路，因為無限延伸的道路兩旁都是些僅兩層樓高的低矮瓦房，瓦房的基底是堆砌過的碎石，房舍外牆的許多木板因為淹沒在人潮中而開始腐爛，尤其幾間熱門的店鋪看來隨時都會垮下，不久前我才在旅遊節目看過，二寧坂十年前十年後一直都是那個樣子。

那時我也是一個人，走在沒有盡頭的石板路上，和無數不同語言的人錯身，我不記得當時驅使我邁步前進的理由是走失的父母親還是對道路彼方的好奇心，而多年後的我再度回想起這件事時，只知道那時最簡單的解決方法就是站在原地大哭一場。

十年過去，這技倆已經不管用了，只是好奇，現在的自己和當時一樣無助嗎？對現在的我而言，答案是肯定的，對年幼時的我，恐怕沒有人能給出正確答案。

我高中時的成績並不好，至少不是能符合父母期望的分數。我從來沒有嘗試過肯定或是否定自己的讀書天分，但我隱約知道依照自己的步調繼續下去，是無法擠進一流大學的。

所以我抱持著逃避心理，試探性地向父母提出高中出國當交換學生，以提早適應將來出國留學生活這種模糊的升學計畫。

父母親並沒有反對，或許這和他們原本的計畫就有幾分雷同，能聽見我親口說出更稱他們心也說不定。

不管怎樣，我在十八歲的這一年得在國外生活。

學院裡多數都是外籍生，尤以中國人為大宗，神奇的是，我並沒有因為語言無隔閡而和中國人產生交集，我想這可能跟學系不同，他們以後都是選擇就讀財經相關的科系，而我則是理工科的，所以交流的機會不多。

反而是同班的德國人成了我在異鄉唯一的朋友。

「我高中時學過德文。」我們剛認識時我這麼告訴他。

「真的嗎？怎麼會想學德文呢？」他的英文比我流利許多，話語間情緒的表達也相當生動。這可能讓他覺得和我談話就像是在和木頭傀儡自言自語般，我試著不去深思這個問題，否則對話將無法繼續。

「這不太好解釋吶。」

其實我原本想說，我覺得納粹的戰鬥機很酷，尤其是Bf109，只是我還不至於這麼白目，於是我又想，乾脆告訴他父親的車子是ＢＭＷ算了，ＢＭＷ以前也是做飛機引擎的，這樣的答案既不冒犯他也不能指控我說謊。

「酷、很酷，我覺得德文很酷。」最後我還是給出最膚淺的答案。

就跟同系的阿拉伯人一樣，當老師問起他為何將來想攻讀分子生物學時，他僅是說「因為很酷」便逕自阻斷老師後續的提問。

那時我還覺得，怎麼會有這種搞不清楚狀況的蠢蛋，卻沒想到人人都有一天得當當看那個蠢蛋。

「這麼說，中文不是更酷嗎？」他反問道。

「但是音節少，講起來不太好聽吧？聽說音節越多的語言越好聽。」例如日文、義大利文還有法文，這些語言是世界公認地好聽。

「啊，是嗎……」

我的答案讓他不知道該如何接下去，於是我為了挽回局面，試著向他說了幾句德文。不外乎就是「我的名字是某某某」、「今天晚餐想吃什麼」這類再基礎不過的會話。

「我的發音很不標準，以前我們學校有德國學生參訪團來，他們完全聽不懂我在說什麼。」

「我聽得懂。」他說道，像是在安慰我，那的確是安慰沒錯，因為他也察覺我的德文真的只不過是淺學，想再和我深論是不可能的，於是他話鋒一轉，沒來由地提到：「我很喜歡中國歷史呢。」

我花了一點時間才聽出「蔣介石」這個名字。

也不知道是不是客套話，他繼續向我解釋：「尤其是蔣介石那時期的。」

接著他又和我提起幾個人的名字，聽起來像是李宗仁也像是閻錫山，總之盡是些屍骨爛得徹底，僅剩下名字存活的人。我猜他是指一九三〇年的中原大戰，我的聽力遠遠不及他的口說能力，何況這段歷史在課本上往往被三言兩語帶過，因此也只能頻頻點頭附和他。

往後大部分的對話都是由他所主導，後來我才發現他其實不是喜歡中國歷史，而是喜歡國民黨歷史，他對辛亥革命以前的事一無所知，也對國民政府遷台後的事毫無概念，能在異國遇到這位對國民黨情有獨鍾的德國人也算是種奇遇。

他好像很看不慣我這種成天悶在房間裡的生活模式，所以常帶我去市區裡晃晃，偶爾看看電影、上館子吃飯，兩個男人混在一起做這種事實在稱不上愉快，只是對方一片好心，不巧我也不懂得拒絕人，只能被他牽著走。

我告訴他，去哪都行，唯獨不去pub。

「那裡太熱鬧了，感覺容易惹事。」

就我在台灣時對酒吧的印象，那就是給一些遊手好閒的傢伙滋事的最佳地點。毒品、性交易，總之發生在酒吧的不會是什麼好事，罪惡總是被浸泡在舞廳裡炫目的燈光中，不允許任何人將它們帶回現世。

「你誤會了，你說的是club，在pub裡沒有人會找你麻煩。」他很快又補充道：「畢竟，你不看足球，對吧？」

「是這樣沒錯。」

那間酒吧或許會成為我第一間也是最後一間踏入的酒吧。

沒有糜爛的燈光，而是自然和旭（如此描述人造物有些奇怪）、令人昏昏欲睡的光芒映射在櫸木吧台上，空氣中有股淡淡的煙味，並不是從那群圍著電視機的人中散發出來，而是自數十載前就瀰漫於此的味道，自木紋間吸附又發散而出。

我們選了一張角落的兩人桌，他晃到吧台前隨後又晃回來，問我想喝點什麼。

當時我還不算是法定成年人，卻不是第一次喝酒，但是頭一次去酒吧的經驗讓我覺得霎時間酒精和香料又成了某種陌生的絡合物。

如果說門口站著一個二頭肌與我的腦袋等大的凶狠保鑣將我攔下，那我肯定會掉頭就走並發誓再也不靠近這裡一步。

但是沒有，好像事前知道我即將造訪因此將所有可能的阻力全部去除一樣。今日我必須和這德國佬踏進酒吧。

東方人的基因讓我註定贏不了這群天生的酒盅子，我拜託他不要對新手太苛刻，替我挑一種能讓我平安走回宿舍的飲料便行。

最後他端來的是兩杯盛滿琥珀色液體的玻璃杯，玻璃杯中還有一個更小的杯子，被外層飲品影響的結果就是內層顏色看來更加黯淡。

我在好多年以後才知道人們稱他為「深水炸彈」。

「我待在德國時自己就常弄來喝，小杯子裡面裝的是提神飲料，所以相信我你不會醉的。」

「是嗎？」我問道，同時將它一飲而盡。

在那之後，大概過了三十分鐘，我意識到自己醉了。

那也是第一次，第一次醉酒。

我只知道，我的確是人們所說，喝了酒便如吞下豹子膽那類人。

「你是處男嗎？」這次，換我主動提問了。

「是啊。」他知道此時的我腦子不清楚，可能過了今晚甚麼也不會記得，所以毫不避諱地回答我。

「不是吧，你們這裡的人不是都很早就破處了嗎？平均年齡是多少來著？十五還是十六？」

「那太早了吧！」

「是你太晚了。」

雖然這麼說，但是我也沒有性經驗。我所就讀的高中是男校，我這彆扭的個性也讓我不會主動去找外校女孩子搭話，所以自然不可能展出令人稱羨的關係。

後來，我又繼續向他問了一連串十分冒犯人的問題，那些是我和高中同學的日常對話，只是實在不適合和一個相識不過數周的朋友談。

何況，我的英文並沒有輪轉到能化解每一場尷尬。

可是那時候我的確認為，沒有什麼話是不能說的。

後來他又不知灌下了多少酒，我一直在等他的雙頰浮現和我一樣的酒槽，可惜直到最後一刻我都沒能看見他有一絲醉意，那張精緻的面容上連雀斑都不顯得多餘。

「這是很棒的經驗，沒有你我永遠都不知道自己酒量有多差。」分手前我向他說道。

回宿舍後，我睡了一整天，將近二十四小時，斷斷續續、半夢半醒，可說是最惡劣的睡眠品質導致我的出席紀錄添上了許多紅點。

有了那次經驗後，我再也不跟他去酒吧了。

不僅如此，我也漸漸懂得如何拒絕人，他的許多邀約我也一一藉故推辭，最後，生活又回歸往常，重複著來往宿舍與學院間的日子。

如此推理，一定是去酒吧那晚發生了什麼事才讓我下定決心與他疏遠，可是事實上並非如此，我拒絕他的邀請並不是針對特定人事物的，而是在一次的買醉經驗中體認到這份代價實在過於巨大，同時我也無法從這類行為中找到絲毫意義，僅是純粹的付帳，買些會讓自己頭疼的飲料，並在接下來的一整天都癱瘓在床上。

如果這就是普通人的消遣、紓壓方式，那麼我也只能默默的退出普通人的行列了。

換作是普通人，發現自己的朋友已經好幾周沒來上課時，應該至少也會撥通電話或是嘗試打聽一下對方的動向吧？

我指的正是那個德國人。

偶然間聽見其他同學閒聊提起他的名字時，我才意識到他已經快兩個禮拜沒來上學了。

那身為他的朋友（應該算是），我或許該試著傳封訊息給他，問問他是不是碰上了甚麼麻煩事之類的，明知道就算問了我大概也幫不上忙，只是不這麼做好像就不配作為一個朋友、作為一個人。

可是，他一定也有其他朋友吧？畢竟他是個活潑外向的人。那麼那些朋友肯定早就和他連絡上了，根本不用我多此一舉，何況也沒聽老師提起他的事，所以實在沒必要瞎操心。

我很想這麼自我解套，只是越加細思便越難安心，不是替他擔心，而是對於我是否應該嘗試和他再搭上線而感到糾葛。

最後，我決定翹掉下午的課，跑到街上閒晃。雖然和他沒有直接關係，但我總覺得不做點什麼對自己過意不去。

而直到我回國前，我仍沒有再見過那個德國人，他在我學會如何正確發出他名字的音之前就從我的生活中消失了。

只是，若不是他，我不可能會沒事跑到街上散步，那麼，也不可能遇見另一個只有一面之緣卻影響我往後好幾年人生的人了。

我要說的那個人，是個傳教士，他不僅是個傳教士，我的直覺告訴我，他絕對是最惡劣的那種傳教士，是那種會一大清早按你家電鈴，並表示願意耗上一整天陪你聊聊救世主耶穌的傢伙。

我是在速食店前碰上他的。孤身一人佇立於店門前東張西望，看起來比我們這群外地人更對眼前的景物感到陌生。

他並不是毫無來由地找人攀談，應該說，這個人的搭訕技巧相當嫻熟。我從相距他約有十米的距離時便察覺那兒有一個人正朝我投以微笑，我知道我不可能避得了他，這是條單行道——也就是說路上並沒有紅綠燈或是叉路，當你一踏上這條路時就必須把它走完，而他正是看準了這一點，在視野絕佳的一隅物色他的目標。

「你好。」他用中文向我說道。我忍不住睜大眼睛盯著他，這才發現他鼻樑上還架著一副無框眼鏡。

噢，我看起來像是中國人嗎？這是個簡單又複雜的問題，連我自己也不曉得正確答案是什麼。

只是既然他這麼認為，那就是吧。

早安。我也回道，不過說的是英文。

「我正在學中文，我的名字是……」

如今我已經忘記他的名字了。

「你是留學生嗎？」

是呀，這裡的外國人都是留學生。我點點頭，並告訴他我才剛來這裡不久。

可能是在第三句或第四句話時，他才放棄使用中文——恰好和我對那德國人的模式一樣，並從他的包包中取出傳教用的宣傳小冊子。

你知道我們的世界是由誰創造的嗎？那本小冊子我已經扔了，只是標題依然深刻地烙印在我腦中。我連那男人的名字都不記得，可能是彼得，也可能是約翰，或是某位聖徒的名字，卻怎麼樣也忘不了那本橘色為底、抓一群不同膚色的孩子傻笑當封面的冊子。

當他問起我對耶穌基督了解多少時，我告訴他我的小學就是所教會學校，某一次的校慶活動就是要班上演出耶穌誕生時的戲碼，我那時是扮演東方三博士的其中一人，懷中捧著一籃香皂，劇初劇末連一句台詞也沒有。

我拼命地將我所知的一切告訴他，儘管他可能只掌握了其中五、六成文意，臉上始終都掛著那抹幾乎要乾裂開來的笑容。

奇怪，你不是要拉我入教嗎？怎麼盡是在聽我說這些無關緊要的事呢？即使知道關於我的一切瑣事又如何？對你的人生、你的事業沒有任何幫助吧？你只不過是站在這裡陪我浪費時間而已。

是又怎麼樣？那男人給我的感覺就是如此。或許正因為他有著無比的耐心才有資格替他的主散播福音吧。

最後我們交換了電郵，他告訴我他們教會有準備一些很棒的影片幫助我認識主耶穌，他所屬的教會也常辦一些我不感興趣的活動。

我告訴他，我會找時間去看看的，他聽了很欣喜，隨後又向我要了手機號碼，說萬一他們有什麼新活動，想在第一時間通知我。

我不假思索地將手機給他，那是支免洗門號，我在通訊行花幾個銅板買的sim卡，沒有什麼個人資料比它更廉價了，所以若是他想拿這支門號在其他用途上就隨他喜歡吧。

有趣的是，我一次也沒接到他的來電，甚至連電郵都沒有。

我表面上答應他有空會去教會走走，實際上就算我每天閒得發慌還是寧願窩在宿舍裡，而他竟然也和我一樣，我們倆很有默契地認定那天的對談只不過是客套話，自道別以後兩人將不會再有交集。

不過，你不是傳教士嗎？不是應該設法拯救我的靈魂嗎？像你這樣真的沒問題嗎？

這種行為，和我對待德國佬的方式如出一轍。再好不過了。

我先是想起那個已經神隱的德國人，接下來又想到這個不太稱職的傳教士，最後腦中浮現的是那群戲謔我的年輕人的嘴臉。

自那天以後，我算是下定決心了，想做點改變，做點不僅旁人，連我自己都覺得可有可無的改變。

2

「這麼說，學長最後加入教會了嗎？」亦慈問道，但很快又補充：「我是指回國以後。像是學長待的慈幼社應該有跟教會之類的機構合作吧？」

「聽說以前比較熱絡，不過和我年代相近的那幾屆學長姐好像都沒跟宗教團體扯上太大關係，而現在的慈幼社更是連一點正經的活動都沒辦，就這麼放著它爛下去。」軒宏說，同時偷偷看向昱文，從三人一碰面開始他的話就不多，兩個人私下在宿舍碰面時，這傢伙還會很主動地向他打招呼，並不是那種怪里怪氣的性格。軒宏猜想可能是女朋友在場，讓昱文不禁拘謹起來以免失言惹得女友不快。

況且，白亦慈才是林慶揚那件事的受害者，如果他們真的對這人還有更多好奇心，也是該由亦慈發問比較妥當。

「而我當然也一樣，」黃軒宏繼續解釋道。「我說自己加入慈幼社是被那傳教士影響就是真的純粹被他影響，跟宗教信仰無關，一直到現在我都覺得自己還是個無神論者。不是說無神論者都比較聰明嗎？哈哈，聽到這個說法我更不可能去信耶穌了。」

「我不太明白，是指說你很感謝當時跟你搭話的那個傳教士，所以也想去幫助其他人嗎？但是聽你說，感覺那個傳教士沒有做什麼了不起的事啊，他不是還把你忘了嗎？」

「是呀，我一點都不感謝他，如果我真的感謝他又怎麼會連他的名字都忘了呢？只是當別人問起我出國一趟有什麼收穫，我肯定會把這個無聊的故事告訴別人，不過就是這種程度而已。」

軒宏知道自己的解釋聽來弔詭，而亦慈那正皺著眉盯著他瞧的樣子正好佐證這一點。他倒是無所謂，畢竟他從一開始就沒有期待讓別人理解這個毫無邏輯的因果關係，只不過剛好有人問起，而他也剛好有這個必要事先闡明罷了。

如果被人誤解為他是哪裡來的教徒他會很困擾的。

「聽起來不錯呢。」意外的是，這番說詞反而引起昱文的共鳴。

「只是聊個幾句就能成為學長在海外的難忘回憶，這樣也太便宜那個老外了。」昱文說：「還有那群年輕人也是，雖然說他們的確是群渾蛋，不過也因為他們是群渾蛋才會讓你記到現在。」

要是當時他們什麼也沒說，就這麼與黃軒宏擦肩而過，那麼這份記憶絕對不會在多年後的今天浮現在眾人的口舌間。

昱文沒有明說，但軒宏知道他就是這個意思。

「的確是這樣，雖然很不甘心，但是那群人我想忘也忘不了。還有那個傳教士，我和他之間的對話不過十來句，大部分時候還都是我在講話，根本稱不上是有交情，結果我對那人的記憶還比德國佬清楚。」

「誰叫那德國人沒有好好跟你道別嘛！」亦慈笑了。

「或許跟這也有關係吧。總之，這件事算是讓我了解到，有時候那些真正會被你銘記在心的傢伙，反而都是些對你的人生沒什麼幫助的人。」

「說難聽一點就是即使掛掉也無所謂的人。」昱文說。

原本軒宏以為昱文是因為亦慈在場想刻意營造形象，看來是他多心了。畢竟在認識亦慈以前兩人就已經在交往，那麼對方是什麼個性肯定比他這局外人還清楚，輪不到他來操心。

「是這樣嗎？學長。這就是你加入慈幼社的理由？可是你對那些孩子並不是沒有幫助呀，學長你是很棒的人，我想他們一定也不會輕易忘記你的。」

亦慈肯定是誤會自己的意思了。軒宏並不需要任何人鼓勵他，但是亦慈也是出於好意，所以他也不打算多解釋。

「有沒有幫助我不知道，但是我常在想，要是我隨便浪費一點時間在那些孩子身上，會不會也能和那個傳教士一樣，讓那些小鬼們永遠都忘不了我？啊，就算不是永遠，至少短期內忘不掉吧？」

「只是那樣做有什麼意義呢？你和那些孩子以後也不會再見面了吧？」亦慈問。

「的確不會，也沒什麼意義。但是每天混日子不也沒什麼意義嗎？我不知道是不是因為成就感之類的東西作祟，但是我在幹這種事時還挺開心的。」

「所以才說學長是好人呀。」亦慈露出甜美的笑容說。

好人嗎？軒宏細細地咀嚼這幾個字，差點漏聽了昱文的問題。

「可是，單就被人記得這件事而言，那幾個年輕人不也達到相同目的了？我覺得他們在你的回憶中，份量和德國人還有傳教士沒什麼不同。」

「是這樣沒錯，只是，」軒宏換了口氣後說：「沒有人會自願當個渾蛋對吧？那麼我也希望自己對孩子們而言不至於這麼渾蛋。對吧？」

可是昱文只是含糊地朝他點點頭。

「並不是沒有那種人，學長。我們不就認識一個嗎？那種徹底討人厭的人。」亦慈說。

不用多說，軒宏也知道她指的正是林慶揚。

軒宏伸長頸子往窗外望去，隨後又看向時鐘，時針還高掛在上緣，這代表三人還有很長一段時間能好好聊聊，可是亦慈她恐怕已經覺得不耐煩了，林慶揚的事讓她心情很糟，所以這時最好盡量多說些林慶揚的壞話來撫平她的情緒才是。既然如此，那麼有關自己的話題還是就此打住吧。

「反正我並不是為了多了不起的理由才加入慈幼社，所以我想林慶揚應該也是如此。」

3

開學後的第二個月，慈幼社收到新社員的入社申請。申請書寄到社團業務用的電子信箱裡，平常沒人會特地登入收信，所以我們在將近一個禮拜後才發現那封信。

雖然古早的社團規定中的確要求新人需要填寫申請表，只是這個規則早就隨著老學長姐們畢業而消失。如今新人只要直接向幹部表達加入意願即可，會特地呈交申請書的人反而是異類。

尤其是在這奇怪的時間點。

學期已過了將近一半，正值期中考期，此時通常不會再有新社員申請入社，在這種時機還掛心於社團事務的人多半都是些已對學分毫無留戀的傢伙。

但是林慶揚給人的印象就是個貨真價實的乖乖牌，是絕對不會缺席任何一堂課也不會輕易放棄學分的人。連社長都這麼說，所以八成錯不了。

「有新人加入挺好的不是嗎？」社長只留下這幾個字，連同林慶揚的入社申請上傳到臉書的群組。

當然好，因為若是沒有招收足夠的新社員，社團就會被迫關閉，同時還要向學校繳納罰金。我不是管財務的，連幹部也稱不上，只聽說社團每年會收到學校給的營運金，而這筆錢會在社團經營不下去時被學校全數討回。

「幹嘛挑這種時候加入？」另外一個社員說。如今慈幼社的活人社員只剩下五、六人，這人是其中一個。我和他不是很熟，私底下都叫他「土木系」。

「是大一的，這麼早就開始為履歷準備啦？」總務也在貼文下留言。她是個講話刻薄但實際的女人，在她眼中大部分會對慈幼社有興趣的人都是為了讓自己未來申請研究所或出社會後能讓自己的履歷上多些漂亮話。

我不曉得她說的是真是假，只是就我自己的觀點而言，不認為那些當老闆的會因為你看起來像是個好人好事代表就稍稍偏坦你，個人能力不足，即使人品再好都是空談。

當我還在考慮自己是不是應該別插手時，我的名字已經出現在最後一篇留言中了。

標記我幹嘛？我私下問社長，而他只是簡短地表示「這個人就拜託你應付了」，我甚至能想像螢幕另一端的他肯定一臉不在乎地將這份破事推卸到我身上。

兩天後，我從系館中走出來，正因為十二月的冷風逼得縮起身子走在兩棟教學樓之間時，被林慶揚逮個正著。

「黃軒宏學長，沒錯吧？」

我們在臉書上有事先打過招呼，也知道對方長什麼樣子，但我仍沒辦法在第一時間將面前的人與林慶揚立刻聯想在一起。

「方便一起吃個午餐嗎？還是說你接下來還有課？」

「你是？」我並不是故意讓他難堪，當時的我的確怎麼也想不起這張臉。實際上，他這種篤定我一定認識他的態度也讓人不是很愉快。

「我是幾天前申請入社的人，那時我向社團裡每個人都打過招呼了。你沒印象嗎？」

他像是在責備我似地，皺起眉頭。

「沒有，我想我一定是漏看了，真不好意思。」我說，沒停下腳步，而他也和我並肩走著。

「我想也是。關於社團的事，社長說有什麼問題就來找你，我覺得發訊息你肯定也不會讀，乾脆直接來找你了。」

是這樣沒錯，而這種想法在見到你時變得更加強烈了。我不可能把這想法說出口，只是隨便敷衍地應聲道。

我和他走到學生餐廳，平常我是不可能來這吃飯的，多半都是去便利商店買個飯糰解決，只是被這突如其來的訪客打斷步調，不知不覺間我和他已經挑好位子，兩人的面前也很自然地各擺著一盤炒麵。

「我想知道的是，社團現在有什麼活動正在進行嗎？」

「沒有。」猶如反射動作般，我答道。「現在的活動方針是每個人定期回報自己的作業進度，已經沒有什麼大的案子了。」

我低頭吃著炒麵，視線一刻也不打算離開餐盤，我在想此時我若是抬起頭來，又得煩惱自己該如何面對他那張不甚討喜的臉。

「就這樣？」

「是啊就這樣。」我冷冷地笑道：「很失望嗎？只是沒辦法呀，現在真的沒什麼活動，你剛好選在最差的時間點加入。」

「你錯了，才沒這回事，能夠在這種時候入社我真是太幸運了。」

「怎麼說？」

「因為沒人在認真做事嘛！這樣我想做什麼就做什麼，也不用配合社團裡的規定，不是嗎？」

「既然這樣，你當初就不該加入社團，自己去育幼院或是教會幫忙不就行了？」他可能不是個聰明人，否則只要考慮到我有可能把這番話轉述給社長他們，就實在不該如此口無遮攔。

「這不一樣啊，社團的目的就是聚集一群志同道合的人，有些事情不能只靠自己一個人埋頭幹。」

「但是我剛剛也說了，這個社團裡大家都各做各的，沒有你期待的那種合作模式。」

「不是要定期報告嗎？那就夠了。」

那是為了讓學校的補助金能順利發下來才不得不做的報告。

我再度把話吞回肚裡。

「如果這樣你也覺得沒問題就沒問題。」

學生餐廳的人一向很多，尤其我們是在正中午時來，現在才覺得能找到兩人份的空位真是不可思議。

「那麼，學長，你自己有在做什麼嗎？我在加入前有去附近的育幼院參訪過，那時候沒聽到我們學校的學生有在那服務。」

「你說的沒錯，就算有也是過去式了。現在大家基本上都在幹些無關緊要的事，有的人會去捷運站前站一個下午募發票，也有些人會跑去老人院彈吉他，反正都是些能獨立完成的小事。」

我想起社長前陣子才跟我們吹噓過他認養了一個非洲兒童，忍不住笑出聲來。

「什麼事那麼好笑？」

「就那個社長啊，那傢伙這陣子的報告內容都是那個他認養的非洲小孩，好像每天只要捐二十元就能照顧那孩子三餐吧，沒記錯的話，認養半年還一年，就可以收到那孩子寄來的感謝卡。我想再過兩個月，他應該就會收到了吧。」

「聽起來很好啊，有什麼好笑的？」

「因為那二十元是社長他爸寄給他的生活費啊。明明是個連自己都沒辦法養活的人卻想照顧其他人，只是覺得很諷刺而已。」

雖然這麼說，但我自己也沒有經濟能力，以前在國外付小費時都覺得挺有罪惡感。畢竟支出小費的收穫是看不見的，這讓我總有種把錢灑進水溝裡的感覺。

「錢要怎麼花是他的事，我們管不著。」

「的確是這樣沒錯。」

「我還不知道學長你做了什麼呢。」

他話語中帶著挑釁意味，但願這只是我的錯覺。

「我替學校燒桌子。」

「燒桌子？」

「是啊。學校每年都會汰換掉一些木桌椅，我負責幫忙把那些桌椅燒掉。」

「真奇怪！學校哪來的木桌椅讓人燒，再說，燒掉不是很浪費嗎？幹嘛不捐出來。」

「我是不知道那些桌椅是從哪來的，不過它們的確都很舊了，上面通常都有好幾個蛀洞，就算捐出去也沒人要吧？那的確只能燒掉了。」

接著我在桌上向他比劃著，一邊說：「我們系館後面有個小型的焚化爐，雖然桌椅不可能放進去燒，但是旁邊有塊空地，趁焚化爐使用時在那燒就沒有問題。」

「然後你就在那邊看著它燒？不用做什麼嗎？」

「大概半小時就燒完了，到時候再倒水把它澆熄就行。相信我，你不會想做這份工作的，因為這跟慈幼社一點關係也沒有。」

他沒有回答，所以我又說：「但是慈幼社也不全然是以服務小孩子為目標，其實只要幫助有需要的人都算是慈幼社的活動項目，我想可能是因為這個緣故，校務人員才會找我們做這份差事。」

「而且社團也需要向學校證明自己有貢獻，否則就拿不到經費，對吧？」

「的確是這樣，可是你這話還是別跟其他人講比較好。」

我不想搬出前輩的口吻告知新人潛規則的存在，只是林慶揚的個性一點也不討人喜歡，在他得罪更多人前我想我有必要讓他先學會閉嘴。

有些人生來就不懂得察言觀色，我那時覺得這人只是單純的白目而已，後來發現他這人與其說是不世故倒不如說他打從一開始就沒打算遵循人與人相處間的模板過活。

反社會。這是我腦中第一個想到能形容他的詞。

林慶揚就算不是那類人也絕對有成為那種人的潛質。有人說，依靠足夠敏銳的觀察力有辦法從眼神就判斷對方是不是反社會人格患者，只是我非常厭惡和人產生眼神交流，所以我根本沒機會提起勇氣和林慶揚互瞪，那個畫面也讓人噁心——在學生餐廳，兩個男人深情地凝視著對方，我說什麼也不願和他一起被外人擅自湊成一對。

當然，那些傢伙並不是真的都和林慶揚一樣，他們之中很多人只是想法、邏輯和我們稍稍不同而已，如果只因為林慶揚就讓我們對那些人貼標籤就顯得太不理性了。

充其量，林慶揚只能算是那之中比較糟糕的存在，是那種會為了自己私慾不惜傷害別人的人，這樣的他卻加入慈幼社的確很詭異，說不定當時他早就在計畫些什麼見不得人的勾當，只是來不及實行而已。

我受不了在越來越擁擠的學生餐廳多待一刻，很快地清空餐盤後，準備甩開那傢伙。

「一個月報告一次就好了。把你這陣子去哪些單位服務的事情告訴其他人，然後偶爾和大家聊聊天就行。」臨走前，我向他說道：「如果你聽完那些事還不打算退社的話。」

4

「直到最後，林慶揚都還是待在慈幼社裡嗎？」亦慈問。

「這不好說呀。」軒宏搔了搔頭。「我們沒有組織性的活動，掛名的社員很多，但是林慶揚他好像有在自己進行一些計畫的樣子。要和那個人混熟很不容易，所以只是偶爾閒聊時會聽他提起罷了。」

「是什麼樣的計畫？事到如今你該不會說那傢伙會跑去養老院或是育幼院服務吧？」

「還真的是這樣。那傢伙很喜歡往育幼院跑，雖然院方已經拒絕他很多次了，但是他似乎很堅持要陪那些小孩玩。」

「真噁心。」亦慈雙眼瞟向昱文，昱文也輕輕地點了點頭。

「那個人接近小孩子有什麼目的？該不會是戀童癖吧。」

聽見「戀童癖」這個詞，軒宏整個人瞬間彈了起來，誇張的動作連隔壁桌的客人也為之側目。

「不、不會有這種事吧？」

「這很難說。畢竟是會殘忍地殺害小動物的人，那麼他或許還有其他不可告人的癖好也說不定。」昱文語氣平穩地說。「除此之外，我想不出他接近小孩子會有什麼目的。既然院方已經拒絕了，正常人早該知難而退，哪有人像他這樣再纏著對方不放？」

「話說，院方拒絕的理由是什麼？那時候還沒有人知道林慶揚的事吧？」亦慈問。

「聽說是院方不接受以個人名義申請的服務。這還挺合理的，畢竟一個人人手不足也沒辦法帶著一群孩子玩，又不好意思請他做些打雜的，所以當然不可能接受他的申請。」

「那麼，林慶揚有跟你們社長說嗎？」亦慈追問道。

「想也知道。」軒宏苦笑。

「要是有這種麻煩的傢伙，以前我們早就把他趕出去了。」昱文哼出鼻息。他去年也是慈幼社的人，雖然亦慈沒有聽他提起社團的事，不過看來昱文也頗有感觸。

「那你們社長最後怎麼處理？看起來好像也拿他沒辦法不是嗎？」

「的確是這樣沒錯，尤其這個人跟那件事有關。」

軒宏語帶保留，欲言又止的樣子，三人才進來這間家庭餐館不過十五分鐘，軒宏的水杯已經第三次見底了。

「這不是什麼值得提起的事。」他語帶無奈地說。

「知道以前慈幼社發生過的事嗎？」

「是有關性侵案的那件事嗎？」

「對，」軒宏宛如嘶啞般說道：「那個學妹，跟我們都蠻熟的。」

他瞥了一眼昱文後說。

「新聞有報，她後來自殺了。」

林慶揚的網誌（4）

1

兩年前春夏交際的時節。

我雙手捧著花束朝我傾慕的那女孩走去。一步、兩步地，踩在水窪上留下的足印，看起來是多麼的自然。

那女孩笑著，沒注意到我正逐步接近她。我胸前的那束白玫瑰和花束上那隻穿著學士服的泰迪熊，讓我和其他賓客一樣毫不起眼。這是我和她見面最理想的形式。

畢業典禮是在午間的一場雨停後結束的。

畢業生們成群從禮堂走出，這是他們高中生活的最後一堂課，而現在這堂課也結束了。

我和畢業生的親友們站在禮堂外，看著他們的身影一一出現在禮堂門口，感到鬆一口氣。漫長的等待結束了，或許不僅門外的人是這麼想，門內的人亦是如此。

第一個出來的男學生和幾個朋友正在討論接下來要去哪玩，而跟在後頭的女生則是一步出禮堂便立刻被一群女孩包圍著——我想她大概是某個社團的重要幹部，束在腦後的馬尾讓我想起自己似乎和羽球社社長有過一面之緣。

直到人群已散去了大半，我才看見學姊出現在禮堂的門口。她是個個性和行為都一致地顯得溫吞的人，也不喜歡人擠人的，所以會挑在這時才現身我毫不意外。

刻意錯開與人群相攘的時機，卻讓在外頭等待她的學弟站在爛泥地上乾等。這種性格到現在我都覺得可愛，那種看見脆弱的小動物時會讓人萌生欺負念頭的可愛。

我跟學姊，存在著某種不可思議的緣分。

起初，這段緣分是建立在直屬學姊與學弟之間的。所謂的「直屬」，據說是大學才有的制度，高年級的學長姊能給予新入學的學弟妹指導或幫助，而學弟妹則是請學長姊吃飯一類的作為回報，大多數大學都有這套規則，只是不知怎麼的，我們的高中也有這樣的制度，雖然既不是硬性規定也不是什麼古老傳統，充其量只是某一屆的學生無聊想出來的點子，卻影響了往後入學生的校園生活。

那女孩在我入學第一天就跑到我教室的窗前認親。

「你們班的三十九號是誰？」她的個子很矮，身子倚在窗台前，毫無防備地敞開領口，正向我們班上的三十九號詢問三十九號是何許人也。

「是我。」我說。

「這麼幸運！」她笑了。「竟然一猜就中！」

沒等我意識過來，她又自顧自地說：「不過，和我想像中的有點不一樣呢，你沒有戴眼鏡。」

「怎麼了嗎？沒有戴會怎麼樣嗎？」我看了她一眼，第一眼會覺得是個長相普通的女孩子，但是盯著她看也不會感到不自然，所以我想她應該是會有張會讓人感到舒服的面孔。「所以找我有什麼事嗎？」

「不會怎麼樣，」她指著自己的臉又說道：「你看，我不是也沒戴眼鏡嗎？」

「是這樣沒錯。」我說。

她似乎沒有打算解釋自己的來意，像是突然想到也像是事先盤算好般，又問：「社團博覽會是什麼時候舉辦呀？」

「我不知道。」

畢竟這是我高中生活的第一天，很多事情還沒有步上正軌，換句話說，讓事情任由它發展或許是最好的辦法。

「所以你還沒有想好要加入哪個社團囉？」

我還沒回答，她就把一本書塞到我面前。

書名是《白縷詩集》，不過裝訂的方式還有封面的質感卻不像是正式的出版品。

「白樓詩集？」

「不是白樓，是白縷。雖然我也覺得白樓比較適合，吶，你應該有注意到隔壁那棟白色的大樓吧，我們社辦就是在那裡……所以怎麼想應該是要叫白樓比較適合，而且對一個文學社團而言也是白樓更有意境些。」

「既然這樣，為什麼要叫白縷呢？」

她露出一臉苦惱的樣子。「好像是什麼佛教用語吧？據說當初創社的老師是佛教徒，大概有她的用意在吧！」

我把那本詩集翻開來，大致瀏覽了一下，裡面除了收錄當代詩人訪談外還有為數不少的學生作品。

我沒有鑑別文學作品好壞的能力，所以只是很快速地翻閱著。

「那首是我寫的，不過你先不要看，等我走了再看。」她指著我目光停留的那一頁，隨後又擅自把它翻至下一頁，就是不讓我好好把那首詩讀完。

「所以學姊妳是這個社團的人？」

「是啊，而且還是教學。」

「喔！」

即使只有短短幾秒間，我還是瞥見了她的詩句，老實說，我並不覺得她的作品相較其他人更優秀。

而且，她給我的印象也不是個多愁善感、喜歡吟詩作對的女孩子。那種女生即便是下課也會留在位子上看書，擅自搭理她還會擺出一雙死魚眼，不可能特意橫越操場，只為了到一年級教室找一個素昧平生的人。因此，從她會主動找上我這一點就說明她應該是個外向的女孩子，比起把時間花在自己身上更樂於和人分享，是我不擅長應付的類型。

「這個社團，都在做些什麼？」

「寫詩啊！」我的問題讓她露出不可思議的表情，隨後便以略帶鄙夷的目光直刺著我。

也是，詩社不寫詩難道要去打球嗎？我在內心自嘲，但實際上我只是不知道該如何持續對話所以隨口問道罷了。

「所以說，學姊你是來拉我入社的嗎？」

「只是和直屬學弟打聲招呼罷了。」她裝作若無其事地說道，聲音卻在顫動著。

教室內的同學們都忙著和左鄰右舍打好關係，而我卻要和二年級的學姊聊些若有似無的話題，這讓我感到尷尬，但很快便發現沒有人在注意我這邊。

畢竟學姊的樣子看起來可能比我們還更年幼也說不定，除了那雖然緩慢卻帶有一絲傲氣的口吻，裡外都像個國中生，從她身上看不到丁點前輩的影子。

「真羨慕他們呢。」學姊說：「開學第一天，不是才第一次見面嗎？很多人看起來已經很要好的樣子了。」

我以為她是指坐在講桌前的那幾個男生，後來才發現她那雙瞳孔根本沒有對焦在任何一個地方。

她接著說道，讓剛剛的話宛如發語詞似的。「過幾天每個社團都會出來擺攤，希望到時候能看見你。」

「如果沒事的話，應該可以。」

雖然那個時段學校也不會安排其他活動，我大概也不會交到所謂的朋友，只是我就是不想讓學姊知道我一定會在那天出現。

諷刺的是，在博覽會那天缺席的並不是我，是學姊。

「她感冒了。」攤位上詩社的成員答道，即使我只是簡短地提到：「教學不在嗎？」她就立刻聯想到了那個矮個子前輩。

知道學姊不在，我也不好意思繼續賴在別人的攤位上，再說，攤位上展示的社刊正巧是那天學姊拿到教室的那本，我早就讀完了。

正如我預想的一樣，學姊不是個好詩人。

距離博覽會結束還有半小時，我想太早回去教室不是個好主意，所以就在詩社攤位附近的某棵樹下找位子坐，什麼也不做，只是盯著他們的攤位發呆。

他們真的是一群很熱衷於創作的人，我認為光是能提起勇氣把自己的作品編纂成冊就相當了不起，何況他們還必須向每個來往的人推介自己作品、訴說它們的好，那並不是多麼值得炫耀的東西，只是他們卻有不得不這麼做的理由。我在國文課本上讀過詩，也在課本以外的地方讀過不少類似詩的東西，不過這倒是第一次，看見喜歡詩的人是如何向別人傾訴自己有多愛它。老實說，都有點替他們感到不好意思。

如果學姊沒有缺席的話，也會像這些人一樣在攤位上奮鬥吧？不，如果是那傢伙的話，肯定是纏著路過的人，哀求她無論如何都要入社的同時把社刊擅自塞到別人懷裡。

「我這麼說沒錯吧？」

「我才不會做這種事。」她輕輕推了我一下，又問道。

「所以你真的沒想過要去其他社團的攤位看看？」

同樣的問題，數不清是第幾次了。

在那之後，學姊總不時向我提起這件事，而我也是不厭其煩地給予她相同的答覆。

「沒有。」我搖頭。

「真可惜。難道你就不怕後悔？」學姊笑著說，和每一次她聽見我的答案一樣。我認為這並不是一個那麼值得劃開笑顏的事情，不過她的確這麼做了。

我和班上的同學沒有深刻的往來，倒是因為學姊的緣故而不自覺地在白縷詩社耗費了大把的時間。

「後悔也來不及了。」實際上要轉社還是有機會的，只是我突然興起了開玩笑的念頭。畢竟我也知道如今自己不太可能脫離這個社團，雖然我還搞不清楚迫使我留下的理由究竟是學姊還是那些我從來沒讀懂過的詩句。

「怎麼會呢？要跳槽隨時都可以喔。如果你會個什麼樂器，或是歌唱得好聽就去跟人玩樂團也不錯，再不然乾脆加入儀隊算了，很帥氣的。」

不知她是不是刻意挖苦我。我長得不高，有點駝背，臉上毛髮怎麼處理也弄不乾淨，和帥氣完全扯不上邊。

「那妳幹嘛不自己去？」

「我受不了那種被台下的人盯著看的感覺嘛。」

我在社辦裡，那位被學長姊們一致推薦的詩人的作品集攤在桌上，本來我是該趁著放學時間讀完它的，只是打自這靜謐的結界破棄的那一刻起，紙張上的字句便一個也無法被我嚥下肚。

「這麼說，我剛剛又讀了一次妳的詩。」我不甘示弱地提起那個她似乎不太喜歡的話題。學姊才高二，所以關於她的作品也只有兩期社刊的份量，實際篇數少得可憐。

「不要告訴我嘛。」她羞澀的發出嬌嗔，不知是黃昏的眩光讓人產生的錯覺，她的聲線在夕陽灑進的教室裡有種淫靡之氣。

她扭扭捏捏地湊到我身旁，我逕自猜想著她似乎在期待我能給予些評論，但很可惜我實在無法擠出像樣的話來褒貶她的作品。

「我在想，」我努力地嚙咬著字詞，盡可能地讓自己的話聽來不這麼庸俗。「詩句是不是應該存在著某種韻味，或是文字至少要華美些才是？」

「是嗎？」

「不要問我啊，妳是學姊，應該老實回答學弟的問題吧？」

「這跟我無關。」她眨了眨眼睛。「所以你的意思是，我的作品既沒有韻律，用字也很淺白囉？」

「我沒這麼說。」

她拉開我身旁的椅子，坐了下來。

「這很重要嗎？」

「不重要。」

「那就是了。那你知道這首詩是在什麼情況下完成的嗎？」

我聳肩。

「去年，我媽媽買了一個賽風壺。知道賽風壺嗎？」

這次我不僅聳肩，還搖頭。

「那是煮咖啡用的，長得跟實驗室的東西一樣，聽說好的壺要上萬塊，不過我媽可能是一時衝動買的，所以只是個兩三千塊的便宜貨。雖然說是用那東西煮出來的咖啡比較好喝，但是那個壺看起來很複雜，所以我一次也沒用過。畢竟我是一類組的，搞不清楚原理也很正常。」

「所以說，妳這首詩是為了那咖啡壺才寫的？」

「可以說是也可以說不是。我並不是為了什麼東西而寫下那首詩的。只是剛好在完成這首詩時，家裡發生了這件事。」

「這樣就能寫詩了？」我有點不以為然，要是知道那些名作家筆下的作品都是在這種荒謬的背景下誕生的，我肯定一刻也不願浪費時間閱讀。那樣的文章不是和流水帳沒兩樣嗎？想到什麼就寫什麼，這種只被允許存在於文豪身上的灑脫不是八十幾年次的小鬼頭能觸及的。

「但是我很清楚這首詩完成的那天早上發生了什麼事。我的土司烤焦了，還因為起司用完讓我只能在上面抹奶油，搭公車上學時左腳的鞋帶被人踩鬆了，悠遊卡的剩餘金額是負五元，進校門前還差點踩到狗屎。」

「聽起來糟透了。」

「是糟透了。」她刻意加長語氣，又重新複述道：「真的糟透了。」

「尤其是當你憂鬱症發作的時候。」她說。

「憂鬱症？」

「是啊。」學姊將視線放到窗外，我的角度沒能看清楚她的表情，但她的口氣平淡到不像是在說自己的事。「不知從什麼時候開始的，意識到的時候已經很難忽視了。」

我心中第一個情緒是驚訝，驚訝像她這種開朗的人為什麼也會和憂鬱扯上關係，同時也驚訝自己是怎麼擅自將她評斷為「無憂無慮」的那類人，然而我卻沒有揣測這是否僅是個玩笑話的意思，只打算靜靜地聽她說完。

「其實我的人生一路以來都很平順，活得比我還悲慘的人多的是，所以關於這件事並沒有太戲劇性的轉變。」

「我也沒有在期待。」

「謝謝。」她向我微笑。「沒有比這更安慰人的了。」

「我只是實話實說而已。」

「我不是指你的話。」她笑得更開懷了。「是指你的一舉一動。」

「我什麼也沒做。」

「就是這樣囉。什麼也不做。」她說：「聽到我談起自己的問題還能面不改色的也只有你了。」

「那不然其他人是什麼反應？」

「喜歡的人會對你露出憐惜的表情，並告訴你還有很多人過得更痛苦，討厭的人則是在後頭嘲諷你，在他們眼中我就是個養尊處優的傢伙。不過就結果而言都差不多。如果我因為知道有人比我過得更悲慘就感到安慰那不是很惡劣嗎？所以我只要知道自己過得如何就好了，沒必要管其他人的事。」

「聽起來很有道理。」

「對唄？因為你就是這麼過日子的。」

我一時語塞。噹不出她的唇瓣間是否有更深層的涵義。

「這麼說來，社團的其他人也知道妳有病嗎？」

我本來想矯正自己的用詞，用更婉轉、更隱晦的方式陳述問題，只是她的一席話讓我覺得自己還是維持一貫的作風，不須刻意避諱已經攤盤在檯面上的事。

「如果有人問起，我是不會隱瞞的。只是我掩飾得很好，其實沒幾個人知道。」

「的確，妳是怎麼辦到的？」我開玩笑道。

「告訴我自己我他媽超正常。」

她如嘆息般說道。

「不過醫生好像不是這麼想的，」我也笑了。「到現在還是嗎？」

「是啊。」她彎下身，從書包中取出一個小塑膠袋。裡面裝著幾個被切半的白色小藥錠。

「要試試看嗎？」

我皺了皺眉。

「你是對的，我也不覺得這些藥有用。其實我已經很久沒吃了，只是為了保險才隨時待在身上。」她兩根指頭捻著藥袋，故意在我面前晃呀晃地。「雖然真的出問題也不是它們能解決的就是了。」

「要怎麼樣才會讓妳發作？」我問道。

學姊扶著下巴，陷入沉思，我也和她一樣，開始思量著什麼事會讓這個看起來無憂慮的女孩陷入痛苦中，即便我們才認識幾個月，即便這段時日遠遠比不上過去她所經歷的光陰般漫長。

「應該沒有到那麼嚴重，但曾經有一次，」她好像想到合適的例子了。「我爸爸回家看見我在餐桌前吃東西，於是向我問道：『妳媽又餵了妳什麼東西？』結果這句話讓我難過一整天。」

「是因為不爽妳爸說妳媽的壞話嗎？」

「不是這樣，」她搖頭。「我不喜歡『餵』這個字，感覺好像在跟畜生講話一樣，覺得不受尊重。」

「不過說父母親『餵養』自己的小孩好像也沒什麼錯對吧？」

「是這樣沒錯，只是我已經不是需要被『餵食』的年紀了。我討厭這個字就跟我討厭芥藍菜一樣。」

「為什麼是芥藍菜？」

「沒為什麼。」

她伸了伸懶腰，白淨制服下的優雅曲線在餘暉下讓人無法移開視線。

「我就是這麼麻煩的人。」

「那麼，妳有跟妳的爸爸提這件事嗎？」

「沒有。」她很快補充道：「不過並不是因為他是個無法溝通的人，只是我不想把我自己的問題也攬到別人身上而已。」

「妳真善良。」

「說這種話的同時若是沒有老實看著對方就破功啦。」

她像是做了個總結似的。「所以說，我才寫詩。這是個消化自己的方法，也能少替別人添麻煩。所以那些詩並不是為了什麼而寫的，也沒有在追求文學價值，把那些東西投去校內文學獎肯定在初選就被淘汰了。」

「嗯，因為真的寫得不這麼樣。」

「你說這麼直接還是會讓人受傷的，笨蛋。」
「但是它不是好好地上了社刊嗎？」
「是啊，而且還替自己找到了一個好位子。」
「那不就代表它並不是一篇這麼糟糕的作品？」
「不，它糟透了。」她再度將頭傾向我，噗哧一笑。「卻是我最好的作品。」
「追根究柢，我是教學。要是不給偉大的教學長一點篇幅不是很沒面子嘛？」
「那是因為妳具有才華才成為教學的吧？而不是先成為教學長，作品才獲選的。」
「很遺憾，很多事情的因果關係都是顛倒的。我也是先討厭起芥藍菜才嚐過它的味道的。」
「結果咧？」
「事實證明我沒有錯。討厭的東西就是討厭，這輩子都改不了了。」
我無法完全認同她的說法，卻也提不起勁反駁。
我想人是會成長的，只要給予夠多的時間，好惡也會更改。
只要給予夠多的時間。
我最後還是沒能按耐住衝動，提起了倏然浮現在腦海中的往事。
「以前我跟一個女孩子很不對盤，直到畢業了我才發現自己其實是喜歡她的。」
「你這例子太差了。」
「是嗎？」

「是啊，因為你根本沒有討厭過她嘛。」

「可是，我那時的確很討厭她，是討厭她到希望她死掉的程度。」

「真難想像你也會有這種經驗。」她從位子上起身，向我提議道：「再過不久校工會來鎖門，要不邊走邊聊吧？」

「我們回家的路是同一條嗎？」

「這很重要嗎？」她拎起書包，頭也不回地走到社辦外。

我跟著她的腳步，兩人走在PU跑道上，一圈四百公尺的紅土道上，這段路程早該結束了，只是我們有默契地都踩著同樣的步伐陷入循環中，領頭的她不曾提起為何要放任自己如顆衛星般繞著空蕩的草皮轉，而我也懶得去思考為何要循著白線前進。

我告訴她我對那女孩的印象，縱然時至今日，許多記憶已經模糊到無法掘出，但我還是努力地闡述自己對她的感覺。

我說，我不喜歡那種乖乖牌、老師眼中的紅人。

她說，以前沒有人喜歡那種人，但是現在也沒有人會特別討厭那種人了。

或許是吧，此時我還沒注意到她的言詞已經和她稍早有關喜好更迭的論調產生矛盾，只是繼續說了下去。

那時大家去上美術課，結果剛好碰上一個高年級的學姊弄丟錢包，每個人都彎下身子幫那女生找錢包，最後當然尋無所獲。

「錢包是多久之前弄丟的？」學姊一臉認真地問道，讓我有點不好意思向她揭露事情的真相。

錢包當然找不到囉，因為當我發現那錢包就放在我的椅子下時，便下定決心要把它藏起來了。

「藏起來做什麼？」

「我想整那女生。」我說。「等學姊離開後，把錢包踢到那女生的位子底下，這樣大家就會以為是那女生偷了錢包。」

「最後呢？」

「我失敗了。」

「想也知道！」她看起來很愉快。「是踢歪了嗎？」

「不是，」我否認。「是踢的時候正好被彎腰撿東西的同學看見了。」

「你真是個笨蛋！」

「是啊，不折不扣的笨蛋，笨到不如去死算了。」

她捧著腹部，笑得腰桿子幾乎要折成兩半卻依舊笑著。

於是我又繼續說，那件事之後，直到畢業前，我都被當作偷錢包的小偷。

然後，我也笑了。

我忘記當初我是怎麼解釋的，只是我肯定沒有把原本的計畫如實告訴其他人，我總覺得比起我那微不足道的名譽，這個計畫的地位更高。

「哦。」

或許當初我就是這樣，什麼也沒多說，乖乖擔上自己應得的罪名，然後在師長和同學面前承諾會為自己的行為負責。

但是我該怎麼負責？這個問題的答案到現在我都還不知道。

所以直到畢業前，我都被當作偷錢包的小偷。

「所以你才恨不得那女生去死？」她循著操場的白線走著，每一步盡可能不偏倚地落在線上，搖搖晃晃地，像在走平衡木似的，也像踩在白雪上，一不小心就會打滑——若說那一道道病態般工整地直線是迎接四月的最後一道雪跡的話。

不是雪，是白縷呀！

我好像能聽見她糾正道，但學姊她只是專注在眼前的線上，就連答話方式都有些敷衍。

白縷到底是什麼？我沒能掌握到提出疑問的節奏。

「正好相反，我是因為那件事才意識到自己並不是這麼討厭她。」

「你的因果關係也錯亂了。」

「那是因為你沒看見當她發現錢包就在自己腳下時慌亂的表情。要知道，那種完美的好學生對我們這些普通人而言是被供在神壇上的。」

「所以說，她正好被你發現了神而為人的那一刻？」

「所以說，那樣的神也是可以被喜愛的。或者說，終於讓人能提起勇氣喜歡她吧。」我順著她的口氣模仿道。

「說的真好。你再多琢磨琢磨，下次社刊就幫你登上去。」

「我可不想出風頭。」我瞥了她一眼，而她則是完全沒有注意到我的視線。

「這不是出風頭，只是給別人一個能和你染上同一層情緒的機會。一般都是藍色的，差別也不過就是水藍色或靛青色之間，對色盲而言稱不上有區別，不過你不一樣，你的想法給人一種白色的、軟綿綿的感覺。」

「我可不覺得我的想法有那麼乾淨，妳實在太抬舉我了。」

「你誤會了，這可不是誇獎。我說的白色、軟綿綿的，是像枕頭、像被窩一樣讓人想陷進去，然後產生乾脆悶死在裡面的想法。」

和那片折半的藥錠一樣嗎？我沒有開口，否則她可能又會嚷嚷著要我服下。

沒有這個必要。所以我說。

「我在想，」她加快了腳步，總算是脫離了操場上的輪迴，正直往校門口的方向走去。

「想什麼？」

「我想我是喜歡你的。」

「這樣啊。」

「是啊，是真的喜歡，是想要跟你一直聊下去的那種喜歡。」

「那聽起來也沒什麼了不起的嘛。」
「的確沒什麼了不起的，因為我喜歡的人還不少。」
「我想也是。」
我本來想問「所以我們要交往嗎？」但後來想想我並不是個適合愛情滋潤的人，對學姊的感情也還沒有昇華到愛情般高貴，所幸我最後沒有糊里糊塗地把這個問題拋出來。
「不過也請你別忘了，」她突然轉身過來，朝我露齒而笑。「我說喜歡就是真的喜歡，絕對不會變的。」
「我知道了。」
看著她那及肩的黑褐色頭髮消失在紅綠燈、天橋及來往車陣的那一端時，我想我們共同的放學路就到此為止了。於是我也放慢行走的速度，朝著相反的方向而去。
實在太不可思議了，讓我感到不可思議的並不是學姊突如其來、近似告白的宣言，而是對於我們正好能共享某個周五的晚霞而感到不可思議。我和她在這天都沒有補習的機率是多少？不約而同地來到社辦的機率又是多少？而讓我們願意提起這些對彼此都無關緊要的事的機率更是低得無法估量。
我們可以談談自己喜歡哪位詩人，即便我給不出她任何足以襯托起自己作為詩社社員身分應有的答案。或許也可以說說課業上遭遇的挫折，再不然聊點輕鬆的、有關人際交往的事也行。但是最後她選擇替自己套上病人的身分，而我則是重新披起自己早已脫下的囚衣。

畢竟這世界上比我們痛苦的人還多得是。

那你呢？你是怎麼看待我的？

當初她沒有如此反問真是太好了。

我雙手捧著花束朝我傾慕的那女孩走去。她終於注意到我了。她拋下身邊幾個朋友也朝我走來，從禮堂旁的殘障坡道走下來，畢業證書還握在她手中，綴帶隨著她身體的起伏上下拍打著和血痂般赭紅色的證書。

那似乎不是我和她之間最短的距離，這讓我一度擔心，或許自己不該挑在這時機出現的。只是顯然是我多心了，會場外等待她的人始終都只有一個。

「妳的女朋友沒有來嗎？」

她接過我懷中的花束，笑靨堆在臉上，說：「我拜託她給我一點時間。」

聽說她們才交往兩個月，不過相處起來卻有種結褵多年的伴侶才有的氛圍。

「要是被她知道，她可能會吃醋。」

「不，」她語氣堅定。「她不會因為這種小事不開心。」

霎時間，我不知道該如何接下話題，而她也因為對話中斷而闔上了嘴。

「我想再去社辦看看。」她將花束還給我，說是想等我們分手時再拿。

橫越操場，來到社辦所在的白色大樓，雨過天青的陽光打在建築上顯得刺眼。我們走進大樓，和我們抱持相同比想像中還多，甚至能看見一些學生誇張地相擁而泣，我記得他們是橋藝社的人。

我們經過幾間教室，白樓最近才重新粉刷，這棟建築原本就是作為資訊大樓和社團辦公室使用的，所以常駐在此的人不多，或是正因如此，油漆味遲遲無法散去。

「如何？」

我轉動社辦的門把，門不為所動。

「門鎖上了。」

「你沒有鑰匙？」

「我不是幹部。」

「啊，也是……」

學姊她難掩臉上的落寞，可能是因為在高中的最後一天沒能回到這個承載回憶的地方也可能是因為想起我沒有繼承她的衣缽擔起教學的位子。

我希望是前者。

「既然如此，就沒辦法了。」她沒有顯露多一分依戀，掉頭就走。

我們離開白樓，我像是為了忘記剛才的不快，主動向她問道。

「大學那有沒有什麼消息？」

「有哦。」

「還沒正式入學就有活動了？」

「比我們想像中的還多。」學姊不出聲地笑了。

她說：「不過基本上都是社團的事。我想他們已經把我當作正式社員了。」聽說寒假時，學姊跑去某所大學的慈幼社幫忙。我不知道他們是怎麼搭上線的，不過以學姊的個性或許這並不是什麼不可能的事。她說，她在那碰見了可以交往的人，於是兩個月前，她們算是正式在一起了。

「不後悔嗎？」我問。

「後悔什麼？」

「不再寫妳那些亂七八糟的詩。」

「嘿！」她發出怪叫聲。「別誤會了，我沒有不寫，只是想去嘗試看看新事物而已。」

她接著說：「反正寫詩……誰都能寫嘛！如果只是寫給自己看，或是特定幾個人看，就算不用加入社團也行啊。」

「那慈幼社不行嗎？做好事一個人也行吧。」

「我想這是互動性的問題。」

「互動性？」

「你和某個人或是一群人產生來往，你們各自的人生就不一樣了。當然這一來一往不一定全然都是積極、正面的，只是說，如果有辦法選擇，我想沒有人會願意被討厭。」

「真的沒有嗎？」

「沒有。」斬釘截鐵地答覆後，她有些害羞地搔了搔頭。「這是社團裡的人說的，其實我沒有想那麼多。我只是很單純地，覺得我或許能幫上點什麼忙，僅此而已。」

「原來妳這麼善良啊。」

「原來我這麼善良啊。」

我點點頭。

「我想知道一些關於妳的交往對象的事。」

走在前頭的她回過頭來，食指纏繞著髮絲貼在胸前。「等等就能跟她見面了，有什麼事情你可以直接問她。」

「大概來不及，我待會就要走了。」

「這麼趕？什麼時候要走？」

「她來之前得走。」

「喔！」她無意再追問下去，一副好像擅自理解了一切的樣子說：「我常常在想，我到底喜不喜歡這個女生。」

「妳們不是在交往嗎？」

「是啊。不過追根究柢，其實喜不喜歡和交往與否之間並沒有這麼強的連結。」

她也看見我一頭霧水的樣子了，於是又解釋道。

「我不是說，我很喜歡你嗎？」

「的確是這樣沒錯，不過那是將近兩年前的事了。」

「但是我也說，我不可能會放棄喜歡你吧？」她有些不滿地，以近似埋怨的口吻說：「所以說，我到現在依然喜歡著你。」

「那就是這樣了。」

「那你猜猜看，我是比較喜歡她呢？還是你？」

「這還用問嗎？妳對我的喜歡，是僅限於朋友的喜歡，而妳對那女生的喜歡，就是戀人的喜歡了。」

她停下腳步，歪著頭、睜大著瞳孔直盯著我。

隨後，眨了眨眼的她將臉湊到我耳邊，小聲地說。

「你錯了，我其實是比較喜歡你的。」

從她的髮隙間，可以看見那片我們曾一起走過的草坪，強風吹起彌留在葉尖上的水珠，激起的水點揮灑在空中，又落在另一葉片上。

良久，她才輕描淡寫地說。

「所以說，我絕對不會跟你交往。」

關於小貓（2）

5

那是晨間的一通來電，將亦慈從睡夢中喚醒。

昱文說，他找到失蹤的小貓了。

一大早去倒垃圾時，發現小貓的屍體被裝在一個黑色垃圾袋裡。

因為散發濃烈的腐敗氣味，擅自將它打開的昱文在裡面看見已經死去的小貓。

或許是顧慮到亦慈的心情，電話彼端的昱文並沒有詳述小貓的樣子。

「不過，我想還是該找個地方好好安葬小貓。至少不能讓牠再待在垃圾場。」

亦慈不知道該怎麼回應，此時的她還沒辦法醞釀足夠的情緒面對Kuro的死。

不過，這麼說可能並不精確。其實在她的內心深處早已做了最壞打算，她知道Kuro已是凶多吉少，只是當親口得知牠的死訊時，才意會到自己始終都沒準備好面對殘酷的現實。

所以，當她自認為應當哭泣時，淚水無論如何也擠不出。

不僅如此，心中也對那害死Kuro的人沒有分毫恨意。

不明就理。待盥洗完畢時，天色已經完全換成早上的景致，嘻弄般地揭示新一天的帷幕。黑色的睫毛上懸掛著水珠，與眉間隔著淡淡的粉彩，肌膚如附上了一層粉釉色，與桃紅唇瓣相襯。

亦慈不是個熱衷妝扮自己的人，只是比起平時因為禮貌而上的淡妝，今天她反常地花了更多時間在整理自己的儀容。

她不知道自己為什麼要這麼做，只是在見到昱文時，她認為這層偽裝是有必要的。她還沒準備好面對他。

昱文很快就來到亦慈家，兩人一同往男友的宿舍去。

之前也來過幾次，亦慈說不上對這棟老公寓有好感，但是也不會排斥，即使知道這裡就是Kuro被棄屍的地點，這個想法也沒有改變。

「我先把牠帶回房間了，讓牠待在那裡太可憐了。」昱文說。

亦慈跟在昱文身後，昱文打開門，異味撲面而來。

簡單的學生宿舍，床鋪與書桌以及倚牆而立的大小櫥櫃。腐臭味充盈在小房間裡，對房間主人想必也是種折磨。

「真不好意思。」亦慈忍不住說道。

「沒事，待會路上買個芳香劑就行了，這並不是什麼要緊事。」

昱文的房間收拾得很乾淨，和前幾次亦慈來訪時一樣，昱文應該不會特地為了亦慈而收拾房間，再說，從知道Kuro死訊到現在，不過幾十分鐘而已，昱文也不可能有時間花在整理房間。所以這間房間應該一如既往地，維持著原本潔淨的樣貌吧。

不過這份房間主人的用心，卻因為腐屍而顯得無謂。

「我先把貓放在冰箱裡了。老實說，味道蠻重的，如果就這麼放著的話情況更糟。」昱文指著放在書桌上的幾盒冷凍食品說道。

亦慈點頭，她坐在昱文的床鋪上，腦中仍是一片空白。

門窗緊閉，亦慈伸手想打開窗戶，雖然說室內難聞的氣味不可能散去，但至可以給兩人喘口氣的機會。

不過卻被昱文阻止了。

「這陣子傳說宿舍有人在養貓，要是被人發現我的房間傳出奇怪的味道會很難解釋。」

於是亦慈又把手抽回去。

「尤其現在又發現有人對小貓做這種事……這樣很容易讓人誤會。」

亦慈知道昱文想說什麼，所以也沒有反駁。

如果在還沒抓到殺貓的犯人前，自己先一步被懷疑成犯人那就更難抓到真兇了。昱文並沒有因為Kuro死了而讓渾沌侵據思緒，可能是因為他未曾和小貓建立情誼的緣故，他的思維一直以來都維持高度理性。

昱文在冰箱前彎下身，從冷凍庫中取出一個小塑膠袋並將它放在書桌上。

「我找了個紙箱，大小應該剛好。雖然不怎麼樣，但至少比放在塑膠袋裡好。」他將書桌旁的紙箱撿起，說道。

「如果妳不想看也沒關係，畢竟那個樣子，我也不太希望讓妳看見。」

「沒有關係，我想看看。」亦慈說，並走到昱文身旁。

昱文將塑膠袋口撥開，混有小貓毛色的肉塊映入眼簾。

好噁心。

這是看見袋中貓屍時，亦慈的第一個想法。

實在太噁心了。

亦慈至今還沒有見過屍體。對她而言，在路上的昆蟲殘骸比起屍體更像是具空殼，一具無法再被使役的空殼，所以她和許多人一樣，並不會對此產生更深刻的情緒。

只是她原以為，看見Kuro時至少她是會流淚的。

但是沒有，內心只是覺得那副死狀實在太悽慘了。

貓的腸子被掏出來纏在脖子上、眼珠被搗爛、尾巴被剪下來塞到肛門裡、幾片指甲被拔掉刺進皮膚裡。或許小貓受到的折磨遠比這還多，只是亦慈不願再看下去了。

因為太令人反胃了。

亦慈一陣乾嘔，跌跌撞撞地又倒在昱文床上。

「我在想埋葬牠之前，是不是至少讓牠看起來不要這麼痛苦，只是不知道該怎麼辦……」昱文說，他靜靜地凝視著小貓遺體，連眨一下眼都沒有。

「如果妳不介意的話，我想就這樣直接把牠埋了吧。」

亦慈沒有回答，昱文就當作她是同意了。

「妳要來嗎？還是說要休息一下？」昱文吃力地撐起笑容，說：「不過這裡的味道很糟就是了，還是說我看房東在不在，先讓妳在那邊待一下，等我處理好再去接妳？」

他補充：「房東是我的熟人，妳可以相信他沒問題，而且這件事也有必要告訴他。他前陣子才在調查貓的事情。」

昱文一邊說，一邊將小貓的遺體小心地放入紙箱中。他取下兩段膠帶，以最低限度封上紙箱，讓箱蓋不至於掀開，小貓的屍體也不會輕易地被看見。

「我若是說，我不想去，你會討厭我嗎？」亦慈問道。

「為什麼要討厭妳？」

「我也不知道。」亦慈低下頭，輕嘆了口氣。「你還是喜歡我的吧？」

「我一直都愛著妳，以後也不會變。」

昱文原想伸手撫摸她，但一想到自己剛才碰過貓屍，便打消了這個念頭，僅是在她額頭上輕輕吻了一下。

「那麼，我先帶妳去房東那。這時間他應該在。」

出門前，昱文將空調打開，雖然現在正值和冷氣無緣的季節，但若單是打開窗戶，這味道恐怕遲遲無法散去，倒不如直接開空調換氣。

兩人離開房間，昱文鎖上房門時正好看見亦慈盯著對門看。

「住在對面的是個怪人。」昱文隨口說道。

「是嗎？」

「是個不太想扯上關係的人。」昱文也給不出具體的描述，住在對面的林慶揚雖然和房東認識，但是房東黃軒宏看起來也不把它當作朋友。

所以，對於這種人，只能給予他「怪異」的評價了。

下到二樓，昱文停在某扇門前，敲了幾下門後很快就有人來應門。

那個人看起來和昱文的年紀差不多，可能稍年長些，不過那副身形完全沒有男人應有的樣子，佝僂著身，眼神有些渙散，連鬍渣都沒剃乾淨，可說是其貌不揚。

亦慈原以為這人是不是剛才睡醒，不過從他的語氣聽來，他大概平常就是這副德性。

很難想像這種人和昱文是朋友，不過男友本來就是個交友圈廣泛的人，和形形色色的人產生交集倒也不是太意外。

兩個男生打過招呼後，軒宏向亦慈點頭致意。

「妳好，我常聽昱文提起妳。」和他的外表不一樣，他的聲音倒是謙恭有禮，他拍了拍昱文的肩說：「你這傢伙運氣還真好。」

這個人並不知道到昱文懷中抱著的箱子中裝著什麼，所以才能輕鬆地說起玩笑話。昱文乾巴巴地笑了幾聲，寒暄幾句後拜託房東招待一下女友，便下樓了。

昱文走得匆忙，可能是顧忌到久留會讓貓屍的味道飄散開來。雖然兩人本來就打算將這件事知會給房東，但是若因此讓屍臭味留在樓梯間可不行。

黃軒宏再次向亦慈自我介紹，他正在讀工科研究所，因為在這就學的關係就在叔叔的公寓裡當起了代理房東。

亦慈也簡單地向他介紹自己，不過正如軒宏所說，昱文似乎常和他提起女友的事，所以軒宏看起來遠比碰上初次見面的陌生人還熱情，這讓她感到有些不好意思。

雖然兩人相處也和一般的情侶沒什麼不同——或許還比熱戀期的情侶更加疏遠也說不定，但自己的事成了別人的話匣子心情還是不免複雜。

同時也讓她開心。畢竟，這再次證明了那男人無時無刻都在想著她、喜歡著她。

「這麼說來，學長和昱文是怎麼認識的？」

「以前參加營隊時認識的，其實也沒什麼特別的。」軒宏說：「就連現在讀同一所學校都算是緣分吧。」

「是孽緣嗎？」亦慈不想將自己的情緒加諸在無關緊要的人身上，所以故意開玩笑道。

「並不是，我其實很感謝他。在各方面都受他照顧了。」軒宏替亦慈道了茶水，談起有關昱文的瑣事。

「他算是個天生的領導者，我猜他大概一路以來都是當班長一類的職務的。」

軒宏所說的，關於昱文的事和亦慈所知的他沒有出入，甚至比自己對男友的印象還完美，彷彿這人完全沒有缺點般，這讓軒宏對昱文的描述顯得不現實。亦慈並不意外，畢竟軒宏不可能對她抱怨昱文讓他不滿的地方，自然只能說好話。

「……我並不是那麼值得往來的人，不過這傢伙似乎是真心把我當作他的朋友看待。」

「為什麼這麼說呢？我覺得學長你還蠻能聊的，是很幽默的人，長得也挺帥。」這是亦慈的客套話，她希望這能稍微起到鼓勵的作用。

「謝謝。」軒宏露出傻愣的笑容。「但是我這人全身上下盡是缺點的確是事實。」

軒宏像是害怕話題最終聚焦在自己身上，突然提起道：「剛剛昱文懷裡抱的是什麼？」

亦慈猶豫了一下，只是這一瞬間的猶豫可能就被軒宏察覺事有蹊蹺，於是她還是選擇把原委交代清楚。

畢竟是本來就要和房東討論的事。宿舍裡藏著殺貓犯這種事，無論如何都不能忽視。

「是這樣嗎？」軒宏手搓了搓下巴，一臉迷惘的樣子，但語調又像是心裡有底，令人無法參透。

「學長你知道些什麼嗎？」

「不，我並不知道。只是這陣子的確有住戶反映有聽到貓叫聲，會不會跟這有關係呢？」

肯定有關係。亦慈心中篤定。

「這棟公寓是禁止飼養寵物的吧？」

「好像有這條規定。」軒宏含糊地說。

「好像？」

「是啊，因為大家都知道公寓裡是不能養寵物的，我把這當作共識，所以也沒有特別向房客提起過……所以說，若是真的有誰養寵物了，在沒影響到其他住戶的情況下，我也只能裝作沒看到，總不能叫他們把貓狗扔了吧？」

「當然不行。」

「就是這樣。據我所知是沒有，但這陣子的確是有貓叫聲。」

「貓叫聲……」亦慈低喃道。「那麼，大概是幾天前聽見的呢？」

「幾天前？應該是一個禮拜前的事吧，不過好像更早之前就有了。」

軒宏說，同一棟的老伯伯向他反映貓叫聲的事之後，他和幾個住戶碰面閒聊時也不經意提起這件事，有人說在更久之前就聽過貓叫聲了，大多數人以為是別處的貓所以沒有放在心上，再說，貓叫聲也沒有刺耳到令人徹夜難眠，所以軒宏並沒有接到投訴。

可是，Kuro是一周前失蹤的，如果在更早之前就有人聽見貓叫聲的話，這反而暗示慘遭殺貓犯毒手的不僅只有Kuro。

「這麼說，殺害貓咪的人並不是第一次犯案。」軒宏望著手中的茶杯，水面映射出他凝重的臉龐。

「那些貓咪都被丟在垃圾車裡嗎？」

軒宏搖搖頭。「我不清楚，恐怕連收垃圾的人也不曉得吧。每個禮拜一會有人來收，還好沒有拖到那時才發現貓。」

如果被住戶以外的人發現這棟房子裡住著殺貓犯，那在抓到兇手前事情恐怕會先被媒體鬧大，到時候就會連累到其他無辜的住戶。軒宏沒有把內心的顧忌明說，畢竟這是心照不宣的事實。

軒宏接著說：「不過我不能理解的是，為什麼要把貓屍丟到垃圾桶裡。」

「要是這個人在之前就殺害了許多貓咪，那應該早就被發現了。」亦慈附和道。

畢竟那股惡臭，只要是去倒垃圾的人都能察覺。比較可行的做法是趁清潔隊收垃圾前棄屍，不過那樣堆在垃圾堆頂端的屍體反而容易被清潔隊員發現。

換句話說，不論是在什麼時候丟棄小貓，都會引起人注意，只要兇手把棄屍地選在垃圾桶裡的話。

「所以，假設在那之前就有貓遇害的話，屍體絕對不可能丟在子母車裡。可是，公寓裡也不可能藏得了貓屍，所以兇手必須找機會把屍體運出去。」

亦慈也點頭表示同意。

「要不要找監視器看看？一個禮拜前的影像應該還留著。」

軒宏說，這棟公寓雖然不大，但為了學生安全還是有和保全公司連線，他有帳戶可以調出這陣子的錄像，說不定正好能看見人夾帶貓咪進出。

亦慈覺得事情不會這麼順利，不過還是接受了他的提議。

調閱監視器是一個漫長無聊的過程，即使將影帶快轉，畫面仍然如靜止般，僅在偶爾看見人進出時軒宏才會將影帶調到一般速度。

最後，和亦慈的猜想一樣，沒有人明目張膽提著貓籠進出。

但因為這棟公寓有許多學生，學生揹著背包也很難斷言小貓不在裡面。

「看來是沒辦法。」

正當亦慈打算放棄時，軒宏說：「換個角度想，這樣是不是能把嫌疑犯鎖定在學生了？」

畢竟整段影像，除了揹著背包的學生有辦法夾帶小貓外，其他人根本不可能有辦法帶小貓進公寓。

住在二樓的老伯伯一年四季總是穿著單薄的背心和運動短褲，而那位單親媽媽習慣帶在身上的包包根本裝不下一隻貓，至於她就讀幼稚園的女兒——雖然那孩子的書包的確裝得下一隻貓，但是亦慈和軒宏都無法將這種年紀的孩子和殺貓犯產生聯繫。

「我想，能不能去每個人的房間找找看？說不定會找到貓咪們曾經存在的證據。」亦慈立刻向軒宏問，但很快又改口道：「我並不是說要闖入別人的房間，只是想拜託看看能不能讓我們進屋找貓，或至少讓我和那些人見一面。」

「見面？妳打算問他們貓的事嗎？不過，沒有人會承認吧？」

亦慈當然沒有這麼單純，事實上，早先昱文的推論指出，殺貓犯可能是亦慈認識的人或打過照面的人，所以亦慈若是有機會見到房客們，說不定能回憶起認識的面孔。

即使這個舉動無疑是將自己置入險境，但亦慈卻有不得不做的理由。

昱文也說了，跟蹤狂很快會有進一步動作，與其坐以待斃倒不如主動出擊。

亦慈還不確定是否該將跟蹤狂與殺貓犯做連結，畢竟跟蹤狂只能說是她和男友的推論，雖然種種跡象都在暗示這名人物的存在，但至今他都隱藏在迷霧中，亦慈不認為軒宏會輕易接受她的說法。

可是，軒宏的角色又很難從這起事件中抽離，再說，他是個好相處的人，搞不好亦慈能順理成章地打聽到住戶的消息也說不定。

亦慈盡可能說服自己樂觀點，並向軒宏娓娓道來有關自己被人糾纏的事。

「我知道了。」軒宏的語氣鎮定，卻鐵青著臉。

突然告訴他公寓裡不僅住著變態殺貓犯，還說那人是個跟蹤狂，身為房東的他不論如何都不會好過吧。

可是看軒宏的樣子，似乎是接受亦慈的說法了。

「只是我不能洩漏住戶的個人資料，但如果只是去每一戶打聲招呼應該沒問題。說不定不只我們注意到殺貓犯的事，我們這樣也是為了住戶安全。」

軒宏這番話像是說給自己聽的。

軒宏住在二樓，三樓和四樓都是出租給學生，剛剛監視器的畫面已經顯示嫌疑落在學生身上了，所以要鎖定的住戶就只有這兩層樓的人。

若再扣掉昱文，就只有四戶。其中兩戶還是女孩子，亦慈和軒宏都不認為這起案件的犯人是女生。

巧合的是，兩人離開房間要上三樓時正好看見那兩個女孩下樓。她們看了軒宏一眼，又瞄向亦慈，簡單地點頭致意後就離去了。軒宏甚至連開口詢問她們貓咪的機會都沒有。

「這兩個人總是同進同出的。是妳認識的人嗎？」軒宏說。

亦慈搖頭。「我對她們完全沒印象。」

「她們看起來很像太妹。」軒宏壓低嗓子說道：「有時候會看見她們在騎樓抽菸。」

亦慈含糊地應聲，她對別人的私生活沒有太大的興趣，不過保險起見，她還是向軒宏確認：「她們會帶外面的人回來嗎？」

「她們是同志。」軒宏的回答已經否定亦慈的猜想了。

「那兩個女生包下了一整層，男女生是分開的，男生都在三樓。」軒宏說。「還好我不用親自跑去四樓，有時候她們會把衣服晾在樓梯間，不管內外衣都是。」

回到三樓，除了男友和對面的房間外，最底端還有一間。

「那間住的是個研究生，好像是在趕專題的樣子，很少出門。」

如果是研究生，那和亦慈也有至少三、四歲的年齡差距，她並沒有認識這個年齡的人。

軒宏敲了敲對方的房門，只是沒有人應門。
在門前呆立了半晌，軒宏將耳朵貼著門板，從裡面傳來陣陣鼾聲。
「大概是在睡覺。」
「那就先不要打擾他了。」亦慈說。畢竟，她也不認為這個人會知道關於Kuro的事。
於是兩人來到最後一戶。
亦慈倏然想起昱文對這戶人的描述。
怪人。
「住在這的是我學弟。」軒宏有些尷尬地說。「是同個社團的人，雖然我和他不太熟。叫林慶揚，聽過嗎？」
「沒聽過的名字，所以……是慈幼社的人？」
「那是兩回事。」軒宏盯著門板否定。「這跟慈幼社沒有關係。」
軒宏似乎還打算說些什麼，但還是忍了下來。
亦慈也沒打算追問下去，只是軒宏的態度不難讓人聯想到他和學弟間有嫌隙。
應門的是一名戴著眼鏡、長相斯文的男學生，比起軒宏顯然更注重自己的儀容。
室內黯淡一片，可能和那名研究生一樣正在休息，只是被突然的訪客打斷了。
看見亦慈，他在一瞬間露出吃驚的表情，但很快那雙眼簾又垂了下來。
軒宏不可能當著亦慈的面問他倆是否相識，但是從林慶揚臉上的變化來看，似乎已有定數。

「怎麼？」對方的口氣不太好。

「我想再向你確認這幾天有沒有看見貓，或是聽見貓叫聲。」

「沒有。」

林慶揚的兩顆眼珠子死瞪著亦慈，幾乎要忘記眨眼。

亦慈瞥向軒宏，軒宏則是露出：「就說他是怪人了」的表情。

「其實，我的貓走失了。我男朋友說他好像有在附近見過貓，所以想問問看你有沒有印象。」

「抱歉，但是我沒有看到什麼貓。」看似陷入恍神的林慶揚遲疑了幾秒才答道。「要是有看見的話，我會告訴妳的，那隻貓長什麼樣子？」

「鼻頭有黑痣的花貓，只是隻小貓而已，應該才幾個月大。」

「我知道了，」林慶揚又重述了一遍：「如果看見，會跟妳說一聲的。」

在他闔上門前，軒宏搶先一步擋住門。

「你身上的味道不見了。」他說道。

「我身上哪會有什麼味道。」卻得到對方沒好氣地回應。

這次，軒宏沒有理由再攔下林慶揚了。

門板另一頭傳來上鎖的聲音，亦慈和軒宏都知道從這人身上得不到更多情報，只好一道回房去。

「所以，你對這個人有印象嗎？他好像認識你。」下樓時，軒宏問道。從剛剛林慶揚怪異的舉動看來，他和亦慈似乎不是第一次見面。

可是答案卻出乎軒宏意料之外。

「老實說，我從來沒有見過這個人。」

亦慈抿著嘴說道。

6

回房後，軒宏替亦慈準備了簡餐，不過亦慈完全沒有胃口，餐具一直維持在原處。

看見這樣的亦慈，軒宏也不好意思再向她問起殺貓犯和跟蹤狂的事，此外，他認為亦慈也把自己所知的一切都交代完了，再討論下去也不會得出新的結論。

要討論，剩下的事還是等昱文在場時再一起想辦法比較好。

昱文回來已經是近兩個小時後的事。

兩人把剛才的經歷告訴昱文，他並沒有浮現意外的神情。

我就知道跟那傢伙脫不了關係。昱文的表情顯示他心裡就是這麼想的。

「只是，妳不認識那傢伙吧？」昱文又向亦慈確認一次。

「完全沒有印象。」

「被不認識的人跟蹤也不是不可能的事，只是這傢伙的行為也太垃圾了！」

昱文拍了桌子一下。這讓軒宏嚇一大跳，雖然想安撫昱文的情緒，但也不知道該怎麼做，只能結結巴巴地僵在一旁。

「所以說，基本可以確定是這傢伙了。是叫林慶揚，對吧？」昱文向軒宏問道。

軒宏默默點頭，只是亦慈卻嘆了一口氣，說：「可是，我們只是覺得這個人有點怪異，還沒辦法確定他就是殺貓犯。」

被亦慈提醒，軒宏看似想起了什麼，「啊」了一聲，兩人的視線又匯聚到他身上。

「也不知道算不算證據，不過他的說詞前後矛盾。」

「矛盾？」

「對。我記得前幾天他告訴我最近很多野貓。可是剛才跟他提起貓的事卻被一口否定了。」

「會不會是因為被吵醒，所以懶得跟我們多說的關係？」

「那就更奇怪了。」軒宏說：「我很少看到林慶揚戴眼鏡，剛剛看到他還以為他在讀書，可是如果在讀書怎麼連一盞燈也不開？那傢伙到底在幹什麼？」

軒宏交替看著兩人，但沒有一個人能回答他的問題。

「感覺真噁心。」

最後是亦慈率先打破沉默。

雖然軒宏知道這並不是被允許嘻笑的場合，但他的嘴角還是因為亦慈突然的評論而上揚。

「這麼說，上次去他房間時，他的身上超級臭。」

「是沒洗澡吧？」昱文一派輕鬆地回道。

「那聞起來像是醃漬物的味道，該怎麼形容？鹹魚味嗎？」

「我還以為你剛剛是在調侃他。」亦慈說。

「我覺得他不是那種開得起玩笑的人。再說，我也不敢跟不熟的人講些三五四三的。」軒宏低吟了一聲。

「我還記得嘛！那天我不是還跟你說貓跑去月球上的事？欸，所以那次你有進他房間看過嗎？」這次是昱文提問。

「有，可是那時候沒看到什麼奇怪的東西。當然連個貓影子都沒瞧見。」接著軒宏又碎念了一些關於他被林慶揚纏著聊些無聊話題的瑣事。

「那麼，」昱文說：「那時他的房間有傳出異味嗎？」

「可能有吧。」軒宏答道：「只是那時他身上的味道實在太重了，所以我也搞不清楚他房間有沒有怪味。」

「如果窗戶打開的話應該就不至於，老實說，這裡小歸小，但通風還不錯，至少我平常都是開著窗戶的。」

「抱歉，我不記得了。」軒宏懊惱地垂下頭。

「不過我很確定剛剛窗戶是開著的，我有聽到風灌進來的聲音。」亦慈說。

當然，亦慈知道這對整起事件的推演沒有任何幫助，如果說林慶揚反常地把門窗緊閉，說不定還能從中推敲出線索，只是如今這個可能性算是斷了，畢竟幾乎每戶人家都是開著窗。

要是忽視一切的細節、放棄鑽牛角尖，那麼林慶揚也和其他住客一樣沒什麼不同。

但事到如今，三人不可能再欺瞞自己什麼事都沒發生。

Kuro被以兇殘的方式殺害了，而受害貓咪遠不僅牠一隻。

昱文起身來到窗前，微風從窗間灌進來，聞起來卻有股砂土味。

「我想驗證一件事，如果我沒想錯的話，說不定能找到他殺貓的證據。」昱文說。

「什麼事？先說好，就算這個人有重大嫌疑，我也不能隨便闖進他房間。」軒宏稍微停頓了一下後說：「若不是本人同意，房東跑進租客房間也是犯法的。」

「我當然知道。我沒有要為難學長的意思，只是這件事還是必須徵得學長同意。」昱文點頭並將房間鑰匙交給亦慈：「妳先帶學長回我房間去，我等等就過去。」

亦慈不知道昱文心中的盤算，不過既然男友表示他有方法，那就順從他的計畫，要是最後能如他所說抓到殺貓犯是再好不過。

「我知道了。那我們在房間等你。」

昱文沒有多說，手插在褲腰的口袋裡走下樓。

利用昱文的房間鑰匙，亦慈和軒宏走進門，雖然昱文房間內的惡臭已淡去不少，但是這股味道還是足以讓兩人的眉頭蹙在一起。

「真不好意思，把你的房子弄成這樣。」亦慈代替男友道歉，畢竟追根究柢也是因為Kuro的關係才把房間弄臭。

「不用在意，這點程度不算什麼。」軒宏吞了吞口水，彷彿想起不好的回憶。

剛才昱文把路上順道買來的芳香劑交給亦慈，亦慈在房間各個角落噴上香劑後，氣味總算改善不少。

空調嗡嗡作響，一開始的確會讓人感到煩躁，但在室內待久了之後噪音反倒融入背景，原本紊亂的心情也平復下來。

「如果，只是說如果，」軒宏試探性地問道：「殺貓犯真的是林慶揚的話，那一直騷擾妳的人也是他了？」

「應該是這樣沒錯。」亦慈閉上眼睛，語氣毫無起伏地答道。

「昱文他有辦法連同跟蹤狂的身分一起證明嗎？」

這個問題的答案兩人肯定都不知道，所以軒宏繼續說下去。

「這樣子，對妳而言會不會更危險？要是他挾怨報復的話……」

亦慈聳肩。「有昱文在，不要緊的。」

「妳很信任男朋友呢。」軒宏乾咳幾聲，但臉上卻是掛著微笑。「真令人羨慕。」

「這是理所當然的嘛。」亦慈說：「不論如何我都得相信他，也只能相信他了呀。」

「他是個腦子轉得比誰都快的人，投資在他身上準不會錯的。」

軒宏一邊說一邊往門的方向瞧，應該是在注意昱文會不會突然出現在門口。要是剛剛那番話被本人聽見就太丟臉了。

兩人的交談沒有持續太久，昱文回來了。

「林慶揚的窗戶是關的。我剛剛跑到外面確認過了。」

軒宏還沒有反應過來，只是隨便地回了一聲「是嗎？」

「這樣一來，亦慈聽見的風聲就不是從窗外灌進來的了。」

「所以是？」

昱文指著通風管，說道：「是從我房間的空調傳過去的。」

「可是，那聲音還挺大聲的，你們這的隔音有這麼差嗎？」

昱文聽見軒宏無奈地「喂」了一聲，只是無暇理會，他向亦慈解釋：「當然沒有那麼慘，是那傢伙動了手腳才讓聲音變這麼大的。」

兩人順著昱文的視線一同看向通風管，昱文說：「每一戶的空調實際上是安置在通風管裡面，不過同一層樓的通風管是相通的，雖然說相鄰距離長，還不至於自家的冷氣會跑到別戶去，不過要是沒有隔音的話，其他人開冷氣，發動機的聲音也會傳到自己的房裡。」

昱文把椅子搬到通風管下，向軒宏問道：「我想拜託你的就是這個，能不能讓我把罩子拆下來？我待會會裝回去。」

「啊，請便。」

花了一點時間，通風管的罩子才被拆下來，和昱文說的一樣，這是經過設計能降低噪音的結構。

隔音罩一拆下來，空調的聲音明顯增幅許多，已經讓人無法忽略。

「因為是我們這邊的空調，所以聲音很大。可是傳到林慶揚那邊去應該幾乎聽不見才對。」

「但是我的確聽見風聲了。」亦慈看向軒宏，想取得認同，雖然軒宏對風聲沒有太大印象，不過還是點頭贊同。

「對，因為他把隔音罩拆下來了。他大概是聽見你們在走廊上的對話，所以想先一步行動，但是這傢伙好像很笨拙，手腳太慢，剛把隔音罩拆掉你們就來了。」

「先不提他拆隔音罩幹嘛，為什麼我們敲門時他不乾脆裝作不在就好？」軒宏像昱文問道，但昱文卻聳了聳肩。

「這我就不知道了。有可能是以為你們從外面聽見了他撬開隔音罩的聲音，也有可能是發現亦慈也在……這個人的精神狀態恐怕不是很穩定。我認為最有可能的原因是他發現丟在垃圾桶的貓屍被人拿走了，他大概是覺得不論是不是你拿走的，作為房東你不可能不知情，如今找上門來，八成就是想搜他房間，所以最好是想辦法把你們攔在門外。」

昱文在最後補上了一句：「當然這只是我的猜測。」

「不過你是怎麼發現的？」

「剛剛你們說到，林慶揚怪異的舉動。」昱文繼續解釋：「明明戴著眼鏡，室內卻連一盞燈都沒開。因為你們到的時候他剛好撬開隔音罩，如果這時開門就會被你們發現了，但是情急之下又不可能把隔音罩裝回去，只好索性把燈關了。房間內一片黑，一般人也很難注意到。」

這時，昱文走到電燈開關前壓下開關，室內頓時失去光明。

「雖然說仔細看的話還是能發現，不過你們被堵在門外，當時他大概也努力擋住你們視線，總之不能讓你們發現隔音板被拆下來就是了。」

昱文說完，大概覺得推理好像不完備，於是又說：「只是我不知道，萬一真的讓你們闖進來，他要怎麼讓你們不發現被拆掉的隔音罩。只能說是情況緊急下的魯莽計畫吧，有漏洞的地方還很多。」

「那麼，他把隔音罩拆下來幹嘛？」雖然軒宏也大概猜出林慶揚的意圖了，但是他本能地排斥親自說出真相。

不過昱文並不介意，這套理論是由他起頭，自然是由他收尾。

「為了塞貓屍體吧。他的房間，可能還有沒處理掉的貓屍，考慮到你們闖進他房間的可能，他只好先把屍體藏起來。」

昱文又攀上椅子，說：「通風管比想像中還大，搞不好人可以爬進去。」

軒宏扶著昱文的椅子，說：「這棟房子在建成時是要拿來做商業用途的。所以有些裝潢不像是普通住家。」

昱文做了一個深呼吸，然後低頭面向兩人，「我想試試看能不能從這邊爬到林慶揚那裡去。」

昱文也沒打算徵求軒宏的同意就雙手攀上通風管，一下就鑽了進去。

為了不讓其他住戶察覺，昱文幾乎沒有發出聲響，亦慈可以想像男友正在通風管裡匍匐前進。

這個人實在是努力過頭了。

為了小貓……不，為了她，昱文肯定願意付出一切吧。

同時，亦慈也替昱文擔心。如果正巧被林慶揚發現了，男友會不會有危險？林慶揚已經知道昱文的身分了，實際上不僅自己可能會成為攻擊的目標，男友也可能遇害。

幸好，昱文還是平安回來了。

只是通風管內部不僅狹小還積蓄了不少灰塵，昱文沒有辦法翻身，全身上下都黏著灰塵和棉絮。

灰塵嗆得他直咳嗽，亦慈替他倒了水，歉疚感油然而生。

「我想應該就是這個了。」昱文手中抓著黑色的塑膠袋。「這大概就是林慶揚想藏起來的東西。」

貓屍。

「沒有什麼味道呢。」軒宏將手伸向塑膠袋。「是一直冰在冰箱裡嗎？」

「否則很快就臭掉了。」昱文把塑膠袋放到書桌上，跟亦慈說：「我們來確認就好了。」

亦慈抱著胳臂，看起來有些遲疑，但最後還是開口：「沒有關係，我不要緊。」

昱文和軒宏有默契地點頭，將袋口撐開。

的確是貓屍。

不，實際上三人無法確定那些屍塊是不是屬於貓的。它們之前似乎有著貓的外型，但如今卻成了難以名狀的樣子。

一堆爛肉裡依稀能看見附著著毛皮的貓耳朵，還有成斷掌的肉球。

軒宏忍不住吐了出來。

「抱、抱歉，我忍不住了……」他跌跌撞撞地走進廁所，不久立刻從裡頭傳來嘔吐聲。

「看起來不只一隻貓。其他部分是已經處理掉了嗎？」說完後，昱文閉上嘴，沉默地將塑膠袋口封上。

亦慈看著他的側臉，面無表情的冷峻面孔，或許是麻痺了也或許是倦了，昱文只是無言地揭開殺貓犯的面紗。

打從他侃侃道出自己的推理時，昱文就肯定殺貓犯的身分了。

所以如今這些貓屍只是協助他佐證推論罷了。

「昱文，接下來該怎麼辦？」亦慈別過頭去，儘管袋口已被綁緊，她還是不想再盯著那袋令人發毛的屍塊。

「去找他對質。」昱文鎮定地說：「把這袋東西還給他，然後要他以後不准纏著妳。」

「為什麼？」

亦慈不懂。鐵錚錚的證據擺在眼前卻不是先到警局報案而是自己送到兇手面前，她完全無法理解昱文的想法。

「如果告訴警察的話，事情根本沒有解決！」昱文提高音量，攥緊的拳頭打在桌上，發出沉重的聲響。「別忘記這人渣正纏著妳不放！就算告訴警察他是個該死的殺貓犯有什麼用？難道他們能阻止他接近妳嗎？」

「昱文……」亦慈也不知道該怎麼辦。

「所以最好的方法就是提著這袋肉到他面前。他要殺多少貓是他的事，只要叫那王八蛋滾遠一點就行。」

「可是這樣你也有危險，要是刺激到他……」

「現在不解決，再拖下去才真的危險。妳根本不認識他，結果他卻跟個瘋子一樣纏著妳，就算是我……我也不可能一直保護著妳啊。」說完，昱文癱軟在椅子上。

亦慈這才發現，她錯了。

昱文的冷靜只不過是表象的，實際上他比任何人都還要害怕。害怕女友遭遇不測、害怕那個跟蹤狂對心愛的人做出無法挽回的事。

亦慈環抱住昱文，掛在他頰上的汗水冰涼得不可思議。

「這樣想就太自私了。」

不知不覺，亦慈也落下淚水。

是因為男友無悔付出而感動的淚水。

那個男人，是愛著她的。

許久，她才鬆開手，剛才擁在懷中的男人目光混濁，僅是微微嘆息。

「真的碰上這種事，才知道自己根本什麼也辦不到。」

「你已經為我做很多了。」亦慈將唇瓣輕輕與昱文相貼。

「謝謝你。」

你真的，非常愛我。

7

雖然昱文心底還是認為把屍塊交給警方不妥，但考慮到亦慈和軒宏的感受，或許當初與林慶揚對質是自己衝動之下，太過一廂情願的做法。

最近這幾天，都有員警到宿舍查訪。雖然只是普通的殺貓案件，但是因為手法太過兇殘，導致警方的動作也比想像中頻繁，這讓大學生殺貓的案件很快就成為巷弄間閒談的話題。

雖然還沒有浮上主流新聞版面，但一些手腳快的小眾媒體已經完成布署，竭盡所能地騷擾公寓的住戶們。

昱文感到愧疚，最終還是把無辜的人拖下水。

雖然犯案的林慶揚已經認罪，但是在搞清楚是什麼樣的成長背景造就出如此扭曲的人格之前，整個社會都不會善罷干休吧。
美其名是探索真相，實則是炒作話題。
真不知道是好是壞。昱文在心中感嘆道。
有關林慶揚的種種，再過不久也會被人撕開來吧。
只是昱文已經不想再理會了。
有關林慶揚的事、有關貓的事都無所謂了。
如今他只在乎自己和亦慈的未來。

林慶揚的網誌（5）

和學長說的一樣，現在的慈幼社已經沒有像樣的活動了。

入社以來，社團沒有辦過校外服務，連內部成員都不怎麼熱絡。起初我懷疑這是不是因為他們早就知道我入社的目的才故意隱瞞訊息，但日子久了便知道這社團的確早已分崩離析。

會提起慈幼社的多半不是慈幼社的人，談起來就好像在說一個不小心學壞的親戚小孩一樣。即使一部分的社員還會私下往來，但也都不是與社團有關的線下活動——學長是這麼說的。

學長是我在慈幼社唯一有交情的人。其他人說不準，但我覺得他多少也有察覺到我加入慈幼社的意圖，不，他可能早就知道了，他是個會把心情寫在臉上的人，好幾次看他欲言又止的樣子肯定是想問什麼，當然最後他肯定會把話題扯到無關緊要的事上面，例如午餐或是學校的事。

「所以說那時候就該退選了。」他說：「那傢伙當初選課時我就跟他說這門課聽起來很廢了。」

就是啊。

他正在談一個親戚的事，好像是表弟吧……因為沒有認真聽，我已經想不起來了。

「不用為了學分硬是去選些沒興趣的課。我都是這麼告訴自己的。」

他看一眼懷中的紙箱，說：「反正都是浪費時間，不如把時間浪費在有興趣的事。」

那口紙箱曾泡過水，破破爛爛的，不擁在懷裡不行，甚至還得捧著底部防止東西從下面掉出來，各方面而言都是口惱人的箱子，裡頭裝了社團的雜物，原本是堆在活動室生灰塵，但最近活動室被通知要當教室使用，學校便要我們把東西都清空。大概也是看準了慈幼社逐漸幽靈化吧。

「還好東西不多。」他斜著眼朝我咧嘴笑道：「當然一個人要搬完也得花不少時間。」

能幫上忙就好。我說。

「幫大忙了。」

畢竟整個社團只有我們兩個人來，我想當初社長接到那封電郵時就篤定好要裝死到底了。

反正箱子裡也沒有貴重物品，說雜物也就真的盡是些雜物。

「這裡頭很多東西都不知道是誰的，如果是已經退社的人到時候就直接扔了吧。」

這些東西要先搬去宿舍嗎？我問。

「嗯，只能先堆在那裡了。這樣也好，可以順便叫昱文看看有沒有他的東西。」

總覺得學長提起那人的名字有些刻意。

「雖然已經退社了，可是那傢伙去年都還挺活躍的，搞不好有什麼東西留在這裡也說不定。」學長說完，用下巴指了指我：「知道嗎？朱昱文，那個住在你對面的。」

我搖搖頭。

我告訴學長，我很少和人往來，有碰過他幾次，但也只是搭招呼而已。

「是嗎……」

半信半疑的樣子。最後學長才突兀地說：「真遺憾。」

遺憾？不，我並不這麼覺得。

朱昱文是怎麼樣的人呢？其實我老早就該問了，顧忌太多反而顯得可疑，搞不好學長一直都在等我提起那人。

「他是個聰明的人。」學長說。

就這樣？

「就這樣。」學長搔搔頭說：「你這樣問我也不知道要怎麼回答，我實在不想把那傢伙捧得太高，說他聰明已經是便宜他了，其實我原本想說的是狡猾。」

狡猾。我在心中默念了一遍。

「就是很會耍小聰明的意思。」說完，他又嘆口氣：「不過這種小聰明在女生裡面很吃得開。見過他女友嗎？」

沒印象。我回道。

「長得很可愛。」學長在一瞬間露出了有點淫猥的笑容。「我常常虧那傢伙，像那種女生配給他真是太可惜了，不過能怎麼樣呢？他本來就長得很討女生喜歡，他女朋友也是傻傻地跟著他。」

他們是什麼時後交往的？

「幾個月前吧。」學長想了下，最後還是搖搖頭道：「反正不長。」

不過也夠久了。學長的話中，多少隱含著對朱昱文私生活批判的意思。

我知道呀，他是個輕浮的人嘛。

離開教學樓後，我們又走了一段路，來到停車場。

「正好，等等能讓你們正式打個照面。」學長打開後車廂，我把懷中的箱子放進去。

跟誰？我問。

「昱文啊。」他說：「待會還得去接他咧，別看他在女生裡很吃得開，那傢伙沒了我就哪都去不了。」

這樣啊。

我突然有種和他見了面也沒關係的感覺。

「或許就是這種老是要麻煩人的個性才會讓女生那麼喜歡他吧。」

黃軒宏苦笑道。

而我一句話也接不上。

關於我和殺貓犯（2）

5

儘管軒宏學長正談起有關林慶揚的事，但其實我一點興趣都沒有。

實際上，在座最了解林慶揚的人，不是和他同宿舍的男友，也不是與他同社團的學長。是我。

我——白亦慈，和林慶揚曾經是同學。

那是在記憶的色彩還未褪去，以至於如今回想起來還清晰可見的過往。

對我而言，他就是場夢魘。

是我孩提時代的夢魘。

6

我討厭林慶揚。

開學第一天，當老師問起有沒有人想當班長時，只有一個人舉手。

那個人是林慶揚，當時我還不知道他的名字，是老師在黑板上寫下他那筆劃多得不像話的名字時我才對這個人產生印象。

我聽見有些人的嬉笑聲。和我一起被分到同一個新班級的朋友則是低聲說道：「真不要臉。」

那時的我對他沒有特別想法，反倒覺得很稀奇。畢竟低年級時人人都搶著當的班長到中年級時已經變成爛缺，更別提高年級了。

但是林慶揚他卻自告奮勇地，想擔任五年三班的班長。

在如今沒有人想當班長的情況下能有人自己去送死是最好，可是當這個人出現時，大家反而又把他當成愛出風頭的人。

我想，這就是幼稚吧。

班導師看見有人願意當班長也感到欣喜，只是不知是阿搭馬出了什麼問題，她好像不想讓林慶揚輕鬆當上班長，一定要找人和他競爭。

「林慶揚是男生，所以我希望能再找一個女生。然後讓大家投票，第一高票的是班長，另一位就是副班長。」

我看見林慶揚抿嘴，聽見老師的提議讓他很緊張。

我也壓低嗓子，跟朋友說道：「希望不要選到我們。」

結果，這句話被坐在後面的男生聽見了。

「老師，我想推薦白亦慈當班長。」

我連那個男生的名字都不知道，結果對方喊起我的名字倒是很順口。

幼稚的傢伙。

「你很白目欸。」我轉頭去想打他，只是現在還是上課時間，只好瞪他一眼。

我趕緊跟老師說我並不想當班長，拜託她選其他人參加選舉。

「有同學支持妳應該要感到光榮才是，要是拒絕的話不就辜負同學的期望了嗎？」

我並不想背負什麼同學的期望，只是老師的話讓我知道自己是不可能從選舉中脫身了。

霎時間，覺得好多雙眼睛都直刺著我，尤其是林慶揚，我完全不敢往他的方向看，此時他一定恨不得這個即將成為他對手的女生去死吧。

老師又再次詢問還有沒有人有當班長的意願，可想而知當然不會有人再願意蹚渾水。

眼見我的名字也被寫上去，我知道這一切已經無法阻止了。

「那麼，支持林慶揚當班長的人請舉手。」

大概有八、九個男生舉手，而女生只有我一個。全班二十七位同學，他的支持率並不高。

林慶揚想必很失望吧！但是此時的我其實比他更難過。

如果廢票的同學不多，那我就要被迫當班長了。

結果出來，我得到幾乎全部女生的支持，還有不少男生的票，加起來總共十五票。

我偷偷記下那些男生的樣子，同時忍不住看向林慶揚，他失望地垂下了頭。

坐在他前面的男生好像和他說了什麼，我聽到他回道：「還不是我爸逼我要當的。」林慶揚如果沒當上班長，回去會被爸爸罵吧？我不知道是不是真的如此，若是這樣他就太可憐了，再說，我一點都不想當班長。

於是放學時，我特地跑去找老師，拜託她讓我和林慶揚交換職位。

老師並沒有露出為難的樣子，大概是覺得班長選出來就行了，誰擔任都不重要吧。

「如果林慶揚同意就沒關係，明天早上再跟大家說就好了。」

跑回教室時，林慶揚還在位子上收書包。他的臉色很難看，我好不容易才鼓起勇氣跟他搭話。

「我想還是由你來當班長比較好。」我說。

「為什麼？妳不想當嗎？」他沒有多看我一眼，依然繼續整理他的書包。

儘管開學第一天大家的書包都空蕩蕩的，根本沒什麼好整理。

「不想當，我想把這機會讓給你。」

「我也不想當。」

完全聽不懂他在說什麼。

剛才還自信滿滿的樣子說要當班長，結果現在我要把機會給他，他反而拒絕了。

「你在賭氣嗎？」

「沒有。我真的不想當。」

「可是，我聽見了。如果你沒當上班長的話，是不是會被你爸爸罵？」

「管他去死。」

那時我才確定，他的確是在生氣，只是我不知道他氣憤的對象是他的爸爸還是我或是想出餿主意的老師。

「反正，」他揹起書包。「我已經不想當班長了。」

「所以妳也不要可憐我，當好妳的班長就好。」

不論怎麼聽都像是在鬧彆扭。

這個年紀的男生都特別幼稚，一想到弟弟以後也會變成這種討人厭的傢伙就讓人難過。

林慶揚連一句再見也沒說就獨自走出教室了。

當天晚上，我一直在思考當時態度是不是該強硬一點，把班長的位子塞給他，要是此時他現在正被他爸爸罵的話會不會怨恨我？因為我這個根本不想當班長的人搶了他的位子。

我覺得繼續鑽牛角尖也不是辦法，再說，比起替這傢伙擔心，未來我擔任班長的苦命日子才是真正該憂慮的。

那是開學後三個月的事，趕在十二月的冷鋒過境前學校就已經換季了，其實天氣說不上寒冷，畢竟生在這座島上，再怎麼冷不過就是多加兩件外套就能抵禦的程度。北方國家特有的雪景，我一次也沒見過。

只是在這種天氣還安排游泳課就太超過了。

「那個體育老師很色，一定是想看女生的泳裝，亦慈妳要多小心，我覺得老師每次看妳的眼神都怪怪的。」一個跟我關係很好的女生說，有好幾個女孩子似乎也贊同她的說法。

我沒有把體育老師的事掛在心上，畢竟我也沒有辦法證明她們說的是不是真的。再說，確實從以前就有男老師會把注意力特別放在我身上，一開始會覺得奇怪，但那些老師都對我很好，如今也已經習慣了。

「如果真的不想游泳就跟老師說不舒服就好了。」因為是女生，所以老師也不可能拒絕。

結果我的話卻被林慶揚他們聽見了。

「你們這樣太賤了！」領頭的男生朝我們喊道。

「卑鄙」「不公平」諸如此類的批評在那幾個男生間此起彼落地喊著。

林慶揚也在其中，我聽見他朝著我的方向，不，應該說是看著我的臉咒罵道。

「賤人。」

那句話、還有他當時的表情至今我仍忘不了。

對當時只有小學五年級的我而言，這句話讓我很傷心。

而且我覺得他和其他人不一樣，他是發自內心地認為我就是那樣的人。

我的家人、學校老師還有朋友都不曾用過這個詞，我知道這個詞代表的意思，也囑咐自己不要亂用這個字。

結果，我在他眼中卻成了這個字的代表。

他從開學第一天到現在，都一直恨著我。

令人難過的是，事情並沒有因此結束。

當天的游泳課，班上幾乎全部的女生都因為不舒服而沒有下水，我因為生理期的緣故也在岸上看同學游泳。

我知道有些女生在說謊，他們其實有帶泳衣來，只是發現很多人不游泳所以才跟著不游。男生因為沒有藉口，所以全部下水了。

幾個來不及裝病的女生只能哭喪著臉，喊著「好噁心」泡進泳池。

那堂游泳課，林慶揚不知道是故意還是一時忘記，從泳池邊直接跳進去。因為安全考量，所以學校游泳池禁止跳水，雖然有些人會忍不住跳水，不過大多數人都還是老實地遵守著。

「逼！」救生員刺耳的哨聲讓岸上的我們摀住耳朵。

泳池裡的同學也都看向救生員，救生員朝林慶揚比手勢，要他上岸。

「這麼愛跳？要不要我帶你去樓上，看你能跳幾次？」救生員是個二十幾歲的大哥哥，訓話的方式比老師還兇狠不少，男生都很怕他。

我聽見他叫林慶揚站在岸邊，直到他准許才能再次下水。

林慶揚他就站在我們前面，只穿著一條泳褲的他駝著背，頭完全垂下來，凝視著自己的腳趾。今天換做是我，被一群異性盯著瞧一定會恨不得去死，當下我有點同情林慶揚。

只是我遲遲無法將目光從林慶揚身上移開。

我不確定覆在他臉上的是池水還是淚水。

我想我永遠都不會知道答案。

當天體育課結束，依照慣例，我要把不守規矩的學生名單登記在黑板上。這個工作實際上是由班長和風紀負責的，可是風紀是林慶揚的朋友，他說他不想得罪林慶揚。

我覺得很困擾，平常如果老師沒有特別點名，其他同學上課聊天我們也不會偷偷把他的座號登記下來，畢竟沒有人想當壞人，只是林慶揚的例子是屬於被老師糾正的那一型，所以我不可能不登記他。

我別無選擇，最後還是讓他的座號出現在黑板的叉叉下方。

紅色的大叉叉下，用白色粉筆寫下的數字，代表當天上課不守規矩的學生。處罰是要寫兩百字的反省日記，是其他人日記字數下限的兩倍。除此之外，還會被寫聯絡簿通知家長。

我知道這對林慶揚不算什麼，之前他的文章被老師稱讚過，還在全班面前朗讀，區區兩百字而已，很輕鬆就能完成。

我在意的是他的父親。

他有一個希望兒子能當上班長的父親。如果他的父親知道自己的兒子在學校闖禍了會怎麼樣？雖然我只是做好份內工作，不過卻會間接害林慶揚被他爸爸處罰。

他的座號是四號。

賤人。

我忘不了他說出這兩個字時的嘴臉。

這是他自找的。

我沒有錯。畢竟，他已經夠討厭我了，已經不能再更討厭我了吧。

我在期中考的成績勝過他，還奪走他代表班上參加朗讀比賽的機會，他已經不能比現在更討厭我了。

可是，這些都不是我自願的，這些都不能算是我的錯。

是啊，我明明沒有錯的，卻要揹負那種罵名。

賤人。

我真的好恨這兩個字。

我不想再和這個人產生交集，就連在走廊碰上都只想別過頭去裝作沒看見。

我不知道這算不算冷戰，畢竟我們從一開始就沒有正面起過衝突。又或者說，至始至終我們之間的衝突都未曾止歇。

多年以後再回想起那段日子，仇恨就是因為一點一點的小事逐漸累積起來的。

那是在我生日當天發生的事情。

雖然高年級已經沒有人會在生日時帶糖果餅乾招待大家了，只是下課時，幾個熟識的朋友還是會向我祝賀。我收到幾張生日卡還有禮物，其中一袋小餅乾是朋友拜託她媽媽特地烤的。

不過，在這之中卻有一份禮物沒有署名送禮者。

禮物是在上完音樂課回來時突然出現在我的位子上，那時已經有很多同學回到教室，可是沒有人知道是誰把它放在那的。

雖然感到莫名其妙，我還是把禮物拆開來，那是一副鑲嵌著蝴蝶雕飾的胸針。

雖然很漂亮，但是對我而言太成熟了，我也沒有看過同年紀的人身上有配戴類似的裝飾。

「這一定很貴吧。」圍繞在我身邊的其中一個女生說道。

我也同意她的說法，這副胸針相當精美，感覺一定很昂貴。

原本我想說乾脆把它轉送給媽媽好了，只是這份禮物實在太貴重，我不能收下它。

我想將胸針退還給送禮的人，但是班上沒有人願意承認自己就是送禮者。

我往裝禮物的袋子裡看去，發現裡面還夾帶著一張小卡片。

那是封用英文寫的信，草寫的字體很漂亮，若不是字母上墨水暈開來的痕跡，我甚至以為它是印刷字。

雖然是英文，不過內容很容易理解，大致上是在祝我生日快樂，還有很高興能跟我當朋友。是一封很普通的信。

「這已經算是情書了吧？」一個喜歡瞎起鬨的朋友從我手中搶過信函，泛紅著臉頰的她比我還興奮。

「沒有啦，內容很普通。」我皺起眉頭，但周遭的幾個人卻直點頭。

「那妳要跟他在一起嗎？亦慈。」

「怎麼可能……」我說。

戀愛對我而言還太早了，我只是個小學生而已呀！再說，我連送禮物的人是誰都不知道，要怎麼跟對方交往？

而且，我並不喜歡他這種不具名的告白方式，如果真的喜歡我可以直接告訴我呀，我也會很開心的。

我很喜望有人能喜歡我。

「不管怎樣，我想先把它交給老師。說不定老師會知道是誰送的。」

聽見我這麼說，大夥立刻發出惋惜的聲音，她們大概很期待看見我跟這個神祕人在一起吧？那麼我更不能讓她們稱心如意了。

我特地挑在午休時提著禮物跑去教師辦公室，班導師正在位子上吃便當。

「這個不知道是誰送的。」我把禮物放在老師桌上，並告訴她整件事的來龍去脈。

老師把裝有胸針的小盒子打開來，接著又把整封信從頭到尾看了一遍。

「我知道是誰送的。」

老師提到的那個人的名字，是一個和林慶揚關係很好的男生。

雖然喜歡耍酷，但其實有點愛哭，即使我跟他不熟也知道他和林慶揚是好朋友，只是我並不會討厭他。

如果因為林慶揚一人，我就必須連同他身邊的人一起討厭，那活著也太累了。

老師把胸針捧在手心，宛如小孩子看見新奇的玩具。

「妳可以收下這份禮物沒關係，不過別忘記要好好跟對方道謝哦。」

言下之意就是，這副胸針其實並不如我所想的那麼貴重，便宜貨。

知道送禮者的真實身分讓我五味雜陳，雖然有人喜歡我讓我很開心，但知道對方是林慶揚的好朋友反而讓人不知所措。

走出辦公室時，正好撞見朋友。

「我只是剛好想上廁所。」她慌張地向我解釋道。

我猜她肯定是看見我提著禮物跑出教室，所以從剛才開始就一直在辦公室外偷聽。搞不好我和老師的對話全被她聽見了。

我知道不可能瞞住她，為了避免她自個勁地胡思亂想，我很坦然地告訴她有關送禮者的真實身分。

「什麼嘛！原來是他啊！真沒意思。」雖然她嘴上這麼說，還是笑得合不攏嘴。

「不然妳原本以為會是誰？」

她和我提到其他幾個男生的名字，她說，那些男生其實也很喜歡我，知道被人搶先一步後他們都一臉扼腕的樣子。

我裝作很驚訝的樣子，其實並不怎麼意外，雖然還是希望那些男生能更坦率點。

「不要說出去喔。拜託妳了。」我雙手合掌地向她拜託道，而她則是拍著胸鋪向我保證自己絕對守口如瓶。

當天下午，班上就圍著關於那個匿名送禮人真實身分的話題轉。

雖然並沒有人明目張膽地指著那個男生說：「啊！你暗戀白亦慈吧！」不過如今班上的氛圍不僅對他，對我彷彿也是種處刑，尤其是必須隱忍許多女孩子忌妒的目光直刺而來。。

連我都恨不得去死了，那個男生肯定正忍著把全班殺光的衝動吧。

而這件事，也自然而然地傳進林慶揚的耳裡。

他是怎麼想的？那兩個男生會不會因為我從此絕交？畢竟，在他眼中，那個男生背叛了他。

直到放學，我都在偷偷關注著林慶揚和那個男生，不過他們並沒有吵架，在林慶揚的男生團體中，宛如稍早的一切什麼也沒發生過似的，大家依舊嘻笑、打鬧。

只是在那天以後，林慶揚就再也沒有跟那個男生說話。

賤人。

沒來由地，我又想到這個詞。

林慶揚和那個男生，沒有誰因此而被男生孤立，只是自那天起沒有人再看到他們倆同時出現在一群人中。

賤人。

那個男生也沒有單獨找我說過話，甚至因為公務而和他產生交集時，他也只是默默地點頭或搖頭，緊閉的嘴巴一個字也沒說。
好像那天什麼事也沒發過似的，我既沒有收到禮物，而他也不曾送過禮。只是有些事情已經悄悄地變質了。
既然收受了別人的恩惠，就要找機會報答對方。我是這麼想的。
我覺得，即使我不能接受他的心意，但至少可以嘗試和他成為關係不錯的朋友。
何況，他因為我才剛失去了一個朋友。
所以，我有義務成為他的朋友，讓他繼續喜歡我。
見面時和他打招呼、聊天時就刻意裝作很開心的樣子。這是我對那男生表達謝意的最好方法。
其實，他害羞的樣子並不討人厭。
我們剛好是負責同一個掃區的，所以聊天的機會比想像中多。
「很謝謝你送的禮物。我很喜歡。」我想起來我還沒有機會向他道謝。
「是嗎？」他如咕噥般地低語道，支吾其詞地說：「那、那真是太好了……」
「你……喜歡我嗎？」我問道。
面前的男孩愣愣地瞪著我，又別過視線，脹紅著臉點點頭。
「我想聽你講出來。」
「這……」

或許不僅是不討人厭，還挺可愛的。

男孩躊躇了好一陣子，才怯聲問道：「如果我說的話，妳會回答我嗎？」

「會哦。」我說：「我也喜歡你。」

你想聽的，不就是這句話嗎？

所以我便說了，為了滿足你，說了。

畢竟你喜歡著我，也為了我和林慶揚決裂，我沒道理不喜歡你呀。如果這樣我還沒辦法回應你的期待，就是我的錯了。

所以，我喜歡你。

「我我我也喜歡妳！」男孩緊張地說道，如個胡桃鉗娃娃般僵直得佇立在原地，很快說道：「我喜歡妳很久了，一直都、一直都喜歡著妳……」

是啊，我知道。

你是很棒的人。

能被你喜歡，我很開心。

不僅能知道被人喜歡著，還親口聽到對方說喜歡我，我真的很開心。

暖洋洋地，甚至有些輕飄，盡管這不是戀愛，只是對方單方面的灌注情感，依然能令人感到幸福。

「可是我不希望你和朋友因為我吵架。」我說。

這是一半的真心話，畢竟身為班長，我當然不希望班上同學鬧得不愉快。

「我們沒有吵架。」

「那是怎麼了？」

雖然我很清楚他們之間的友情就是因為我而破裂的，還是如此問道。

「沒怎麼樣。」他別過臉去，自額上滲出的汗水一路流至眉間。

「是嘛？」他並不想多談，可是我不想輕易放棄這個話題。再說我真正想知道的是，林慶揚是否依然恨著我？又或者，他到底有多恨我？

「我在想，」我說：「林慶揚是不是很討厭我？」

我的問題讓這男孩很痛苦，他手中的竹掃把打在柏油路上，反覆幾次，在同一塊地上，幾根竹子因此斷了。

「他是忌妒妳。」他避開我的視線，盯著斷竹枝緩緩開口道。

「妳……太完美了，他處處都比不上。」

我對這個答案並不感到意外。

只是忌妒和討厭並不是相同的情感，忌妒中隱含著自卑以及把忌妒的對象當作目標而努力的積極面。

而討厭，就只是純粹的惡意罷了。

賤人。

兩個詞彙是完全迥異的表徵。

「不用在意，妳也沒做錯什麼，這絕對不是妳的錯。」

我知道呀。

我的確沒有做錯什麼。至今與林慶揚發生的種種也都不是我的錯，嚴格說來，都是他自己的問題才是。

為什麼我要為了他自己的錯而承擔罵名？

我怎麼也想不透。

只是，如果我們之間的關係繼續僵化下去、不做任何改變的話似乎也不會怎樣。畢竟同班兩年而已，轉眼間，這段日子很快就過去了。屆時，我們升上國中還在同一個班級的機率簡直跟被雷劈一樣。

就算遙遠將來的某一天再見面，思想成熟的我們也不可能再認真看待當初的芥蒂了。

要是這麼簡單就好了。

偶然間，我聽見幾個關於我的謠言在同學間流傳。

有人說，我故意在老師面前裝乖，實際上的我是個會到處勾搭男生的放蕩女生。

不僅把班上的男生當目標，還有附近的國中生，最離譜的是說我在當體育老師的小三。

他們說，我在上課時跑去上廁所就是為了跟體育老師幽會。

當然這是不可能的，即使接受了那男孩的告白，我仍然沒有和任何人交往，對體育老師也完全沒有好感。

是愚蠢卻傷人的謠言。

我只是希望能被人喜歡而已。

「不要理她們，一群神經病。」朋友安慰道，雖然我知道私底下她們也覺得這種流言很有趣。

據說謠言就是從幾個好朋友那傳出來的，後來另一夥不喜歡我的女生才開始大肆宣傳。她們的成績很差、上課也喜歡講話，是老師黑名單上的人物。

一定是我當班長的時候得罪到她們了。

跟林慶揚一樣。

在她們眼中，我就是林慶揚所說的那個吧。

賤人。

或許謠言的創作者並不是那些女生，而是林慶揚。

我無法求證，只是我的直覺這麼告訴我。

說不定在林慶揚的抽屜裡有著一張紙，上面寫著滿滿咒罵我的話。

賤人。

白亦慈就是個賤人。

若是給他一把刀，他一定會毫不猶豫地把那把刀刺進我心臟裡。

或許，還會把它挖出來踩爛，用他能想到最殘暴的方式蹂躪我的屍體。

我是不是該採取什麼行動？

可是，我沒有辦法像他一樣在背後說人的壞話。捏造那些子虛烏有的事情，我做不出來。

再說，想去追溯謠言的源頭就跟尋找流浪貓一樣困難。

「有關白亦慈的謠言希望大家不要再傳了，這些都是假的。這對亦慈已經造成困擾了。」老師大概會在台上說著諸如此類的漂亮話，只是這樣就能阻止流言散佈嗎？

雖然大部分人都知道是假的，但是卻還是把它當作真的口耳相傳。甚至有男生拿著自己的零用錢問我能不能跟他做下流的事。

那些男孩子明明也喜歡我，卻選擇用這種齷齪的方式表達。

是林慶揚害的。

我恨林慶揚。

他毀了我的校園生活。

我從很早以前就相信世界上沒絕對的正義，我也知道好人不一定會有好報，但即使如此我還是希望自己能當個好人，因為好人不會被大家討厭、會受到所有人喜歡。

但是我卻不知道，這是個壞人能恣意欺負好人的世界。

如果林慶揚能消失就好了。每天上學的路上，我都做著類似地無謂祈禱。

而讓我作夢也沒想到的是，我心中形象模糊的神明似乎聽見了我的祈願。

林慶揚真的消失了。

從校園生活的舞台上，徹底消失了。

而且，這是他親手促成的結果。

7

謠言風波和一個月相比總算平靜不少。

但如今許多人對我的印象不再只是「班長」了。

美術老師說，畫作會反映一個人的真實想法。

我原以為他的意思是要我們自由創作，沒想到是要我們挑一本繪本裡出現的場景，重新仿畫一次。

這樣一想，他應該是希望我們揣測繪者的想法而不是我們自己的想法。

畢竟小學生的視角對他而言毫無樂趣可言。

我挑的的書是《金髮姑娘和三隻熊》，我隔壁的女孩子則是挑了一本封面繪有燈塔的書，書名我已經忘記了。

我不知道自己為什麼會選那本書，因為我很討厭這本書的情節。

金髮女孩擅自闖入三隻熊的家，吃了熊的早餐還把小熊的椅子坐壞了。這種人最後的結局竟然不是被熊抓起來吃掉而是逃之夭夭。

這本書到底想表達什麼？不能擅闖別人家嗎？那麼，應該給予闖空門的懲罰才是吧？然而作者卻讓她溜了，這樣誰要為三隻熊的損失負責？我還記得小熊發現自己的椅子被弄壞而哇哇大哭的樣子。我絕對不會選擇描繪那一幕。

只是，這本書也沒有三隻熊抓到小女孩，開心地分食她的場景。如果我擅自改變故事結局肯定會被老師退件。

所有偉大的藝術都是從模仿開始。依稀記得老師曾這麼說過，其實他不需要多解釋我也明白，從小我們就是不停地模仿。

模仿那些被稱作楷模的好學生、模仿他人希望我們成為的樣子。

我選擇的場景是金髮女孩發現自己把小熊的椅子坐壞的那一幕。

女孩與壞掉的椅子，她雙手貼緊臉頰，眼神呆滯地盯著碎成兩半的椅子，時鐘永遠停在長短針交疊的十二點鐘。

之所以選擇這個場景有兩個原因：第一，熊很難畫，我沒自信畫出真實灰熊的毛皮質感，一失手熊可能就會變成短毛豬。第二，我希望我的女孩能永遠停留在這一幕為自己的錯反省。我沒辦法還給三隻熊公道，但至少能讓女孩在畫布上靜止的時間替自己贖罪。

我照著繪本上的配色替每一樣家具上顏色，還特地在桌巾、沙發等不起眼的地方加花邊。我想讓這家熊的生活看起來至少富庶點，這樣小熊或許就不會因為失去一張椅子而太難過。

在我正為窗簾上的刺繡苦惱時，原本吵雜的教室因為突然的訪客而靜了下來。

那是一名女孩子，胸口上的名牌顯示她是六年級的學生。

她一眼也沒往我們這邊看去，直接走到老師的辦公桌旁。兩人低聲交談了幾句後，老師問道：「有沒有人看見一個茶色的錢包？」

沒有人回答。於是老師又說：「請大家看看抽屜或是地上有沒有？如果有的話請交出來。」

大家都很配合地彎下身找。雖然我一進教室就確認過抽屜淨空了，但是為了不讓人懷疑，我也裝作在幫忙找的樣子。

結果當然什麼也沒找到。

其他人也尋無所獲，有很多同學已經又提起筆繼續作畫了。

我聽見老師對學姊說：「如果發現的話會請人送過去給妳，妳先回去吧。」

找不到錢包的學姊一副快哭出來的樣子。不像我的錢包只有裝幾十元的零用錢，我想她的錢包裡面一定有很重要的東西。

於是我又彎腰檢查地板，抱持著不太可能的希望尋找老師口中的茶色錢包。

結果發現錢包就躺在我的椅腳旁。

我將它撿起來交給學姊，卻招來老師責罵。

「剛剛不是叫大家找了嗎？怎麼現在才拿出來？」

我不知道該怎麼回答老師，因為錢包的確是突然出現的。

老師言下之意，似乎認為我內心的天使與惡魔經歷過一場拉鋸。

可是他錯了，我心中並沒有那些虛幻的東西，就算有，我也會想盡辦法將他們殺掉。

有人願意相信我嗎？

今後，我在別人眼中不僅是個放蕩的女孩，還是偷錢包的小偷了。

只是，當我把錢包交給學姊，看見學姊珍惜地捧著錢包不停向我道謝時，一切好像又無所謂了。

她並沒有把我當作犯人看待，也有可能她只是把我當作良心發現的犯人看待。

已經無所謂了。

當天的美術作業，我草草結束了它。一想到畫中的女孩並不會因為我特別用心就讓她悔改，我就覺得自己投注的心力顯得不值。

我並不是班上畫得最好看的，當大家的作品在黑板上一字排開時，我只得到角落一個不起眼的位置。

畫得最好的作品是一個小男孩在路燈下點燈，那是一個擅長畫畫的女孩子的作品。

那幅作品並沒有替我的生活帶來任何改變，但那堂美術課卻永遠改變了這個班級。

我最終沒有成為小偷，因為真正的小偷被抓到了。

想要私吞學姊錢包的人是林慶揚。

據說是害怕被人發現錢包在自己身上，所以在最後一刻把錢包踢到別人的位子底下，結果錢包正好停在我的椅子下。

這一幕被彎腰撿筆的同學發現了，他把這件事告訴美術老師，很快地，全班都知道這件事了。

那位同學就是送我胸針的男孩。

我偷偷向他道謝，他只是害羞地告訴我自己只不過是把看到的事情說出來而已。

「林慶揚會怎麼樣嗎？」

我聽說他被叫去輔導室，老師還打算聯絡他的爸媽。

如果被他的爸爸知道他偷錢包會怎麼樣？我完全不敢想像。

「我不知道。」那個男生聳肩，對他而言林慶揚已經是陌生人了。

當我再次問起他是否依然喜歡著我時，他依舊靦腆地點頭，卻清楚地說著：「我喜歡你，亦慈。」

從那件事以後，林慶揚彷彿從我們班上消失了一樣。

雖然他每天都有來上學，也好端端地坐在自己的位子上，但是如今的他和以前比起來簡直像是個隱形人。

有關我的謠言也消失了。

和圍繞在他身邊的嘻笑聲一同消失了。

「為什麼林慶揚要把錢包偷走？他家不是很有錢嗎？我跟我媽說這件事，她也覺得奇怪。」以前朋友知道我討厭林慶揚，所以不會在我面前談到和他有關的話題。現在因為林慶揚已經從林慶揚變成小偷了，所以他們大概也覺得不用再顧忌了。

其實我並不在意，我不是這麼小心眼的人，只是閒聊的話我根本不會在意他們談到林慶揚。

「有時候偷東西和家裡有不有錢沒有關係。」我說：「有些人就是喜歡偷東西，偷東西能讓他們感到滿足。所以就算偷到沒什麼價值的東西也無所謂，只要偷到就行了。」

這是以前我看網路上的文章寫的，只是憑藉記憶把內容背出來而已，沒想到卻招來幾雙崇拜的目光。

「亦慈懂好多喔！所以林慶揚其實是個喜歡偷東西的人？」

「大概吧。」我也不知道，只是一時想不出其他理由為林慶揚辯護。再說，我也沒必要這麼做。

我沒有把那天的對話放在心上，沒想到過幾天後，有人說輔導老師也認為林慶揚可能有偷竊癖。

我不知道他們是從哪裡聽來的消息，可是知道自己的分析和輔導老師一樣讓我有點開心。感覺自己也有和老師一樣的觀察力。

我認為，林慶揚的偷竊癖肯定跟他嚴格的父親脫不了關係，或許是在過度壓抑的環境下成長造就他的行為偏差。

畢竟這項特徵也和那篇分析竊盜犯文章所說的一樣。

林慶揚真是不幸呀。我竟然發自內心地同情這個討厭鬼。

可是，我也沒有忘記他對我造成的傷害。我過去幾個月的校園生活的確是毀在他手上的，如今只是遲來的正義罷了。

他有必要為自己的行為贖罪，雖然身為受害者的我不可能從他口中得到道歉。

可是作為班長，我也不能眼睜睜看著同學走上歧路。班導師對我也有期望，她希望我能協助林慶揚重新和班上打成一片。

儘管是她親自取消林慶揚副班長的職位、儘管她對我和林慶揚之間的心結一無所知。

那就這樣吧、那就這樣吧。畢竟我是班長呀，打從成為班長的那天起，我就在為不屬於自己的事負責了。

與林慶揚偷走錢包那次相隔，第二次竊案不過是一個多月後的事。

但這次是發生在班上。

有一個女孩子的原子筆不見了，據說是她媽媽送給她的禮物。

不過就是枝筆嗎？再買一隻不就行了？又不是什麼萬寶龍的鋼筆也不是媽媽死了留下來的遺物，何必哭哭啼啼的？比起弄丟一枝筆的妳，我更有資格流淚吧？

但是，我不可能把心底話說出來，我把這件事告訴老師，希望她能告訴我怎麼解決。

「等一下上課前問問看有沒有人撿到吧。」

我想老師也懶得插手。

我不知道老師是不願意還是故意不去理解，但是班上前陣子才傳出竊案，如今有人弄丟了筆，大家很自然地會把案件和林慶揚連想在一起。

不出所料，回到班上時有幾個女生正在翻林慶揚的書包。

林慶揚在教室後方，站得遠遠的，冷眼旁觀著自己書包裡的東西被人倒出來。

我立刻阻止那幾個女生，隨後拉著弄丟筆的女生一同站上講台，向大家宣布遺失的筆已經找到了。

台下有些人露出失望的表情，更多人則是面無表情，畢竟大多數人還是和我一樣根本不在乎這枝蠢筆的下落。

而那些面色黯淡的人，肯定是因為發現犯人不是林慶揚而感到懊惱吧。

至於林慶揚──他則是在靜靜地在位子上看書，也沒有多餘的反應。

筆不是他偷走的。

原本我是設想，當我宣布筆已經被找到時，那個偷走筆的犯人應該會相當緊張，開始翻找自己的位子確認筆還在。這樣一來，我就可以藉此鎖定偷筆的犯人。

不過林慶揚他完全沒有反應，所以我覺得筆不是他偷走的。

那麼是誰偷走的呢？

其實根本就無所謂。

放學後，我獨自走在回家的路上，學生三三兩兩地從我身旁經過，他們的笑聲、呼出來的氣都散發著令人感到黏膩的討厭氣息。

在我幾乎要將今天發生的事拋諸腦後時，我聽見同班同學的聲音從我身後傳來。是那個弄丟筆的女孩子。

「能找回來真是太好了。」她的朋友說。

「可是，我怎麼會把它留在自然教室呢？」

「搞不好是誰拿走後丟在那邊的。」

「這麼說，白亦慈那時候為什麼要妳騙大家筆已經找到了？」

聽見自己的名字，我豎起耳朵，仔細聆聽。

然而那個女生卻說：「她要我騙大家。」

不。

不是這樣的。

為什麼妳不老實告訴妳的朋友呢？把我們當初說好的計畫告訴她們就行了呀。

我又聽見她的幾個朋友提到我的名字，我在她們眼中一直以來都是被如此看待的。

她們笑得更開心了。

我加快腳步，想從她們的談話中逃離，逃得越遠越好。

不知不覺間，我已經停不下腳步，那些與我擦肩而過的人又再一次地被我超越，一個又一個，儘管我背後沒有任何值得懼怕的東西，我仍像是逃命似地奔回家中。

賤人。

林慶揚的聲音在腦海中迴盪著。

我還沒有擺脫他的詛咒，已經墮入地獄的他或許仍在盤算著如何拉我陪葬。

晚餐時，我跟媽媽聊到偷竊犯的事。

「一旦做過壞事，就不可能再回頭了。」媽媽是這麼說的。

我不敢把林慶揚的事告訴她，可是依照她的觀點，應該和那兩個女生一樣，認為是林慶揚偷走了筆。

犯錯的人沒有悔改機會嗎？我問媽媽，不過媽媽說她不相信這個說法。

「頂多學會克制自己犯罪的衝動，但是那些可怕的想法因為忘不掉，所以會一直存在。」所以，絕對不能做壞事，一旦犯了錯，就沒辦法回頭了。

錯會一犯再犯，直到最後徹底毀掉自我為止。

後來，關於那枝遺失的筆，我沒有再聽到同學提起它。大家似乎都有共識，筆是被林慶揚拿走的，只是沒有人願意戳破這層薄膜。

和前陣子的我比起來，林慶揚的處境根本不算什麼。

畢竟沒有人會當著他的面指責他是小偷，之前那些女生搜他書包也只是比較熱心而已，在不久之前，她們還帶著戲謔的笑容問我是不是有在外面賣。

如果你恨著他們的話，請別忘記有人比你更有憎恨的資格。賤人。

不論醒著或睡著，不間斷地，在我耳邊一次又一次低語著。

畢業前夕，會有許多人帶上書局買的紀念冊分送給每位同學。

那是用活頁夾裝訂的小冊子，過於鮮豔的色彩、過於空虛的內容。大小不一的格子，向你問道，即使當了兩年同窗都顯得陌生的姓名。向你問道，有關你的芝麻小事，即便明天你們就會成為陌路人。

班上同學都在互相交換彼此的紀念冊，我收到了幾張，送還了幾張，也決定就此讓幾張留白。

令人意外的是，林慶揚也買了紀念冊，而且毫無偏頗地發送給每個人。那個向我告白的男生拿到了，我也拿到了。

我猜想，這是不是又是他父親的命令？畢竟我實在很難相信他這種個性的人會做這種事。

筆桿在我手中，面對著他的紀念冊，我不知如何下筆。

如果只是把那張紙填滿就能讓過去的恩怨一筆勾銷，我會無怨無悔地用墨跡塞滿它，直到整張紙都被墨染黑也無所謂。

但是林慶揚願意嗎？

悉數完成了紀念冊上的自我介紹，還剩下佔據近半張紙版面的留言板。

如果是林慶揚，會在我的紀念冊上寫什麼？
我不想再想了。
最後，我什麼也沒寫，偷偷把紙塞進林慶揚抽屜裡。
對我而言，這場惡夢總算是結束了。
所以，就讓它留白吧。
但願五年、十年後的我能永遠忘了關於他的事。
如果再次與他相遇，我該以什麼樣的態度面對他？
我無法想像。

林慶揚的網誌（6）

1

白色、茶色、灰色的兔子。數不清有多少隻，塞成一團。

砂土上都是兔子的排泄物，發出刺鼻的臭味。

兔子的確是很可愛的生物，若是站在圍欄外，大多數人都願意花上大半天的時間陪這些毛茸茸的小傢伙。

可惜我是圍欄內的人，是和這群兔子處在同一個位階的存在。

我的工作是將畜欄打掃乾淨，並確保兔子們有足夠的糧食和飲水。

我不是會受到小動物療癒的人，所以對我而言這是無聊至極的工作。

我從育幼院的院長那得到這份工作是兩個星期前的事，因為每個假日負責照顧動物的阿姨沒辦法再接假日的班，所以院長就讓我來育幼院幫忙。

院長原本還百般不願意的樣子，在那之前他也拒絕好幾次我的服務申請。

「我並不是不相信你，只是現在不太適合讓你們學校的學生來這裡幫忙。」他說。

自從性侵案發生後，育幼院就把我們學校的慈幼社列為拒絕往來戶，其他學校的學生沒有這層阻礙，每逢假日還是會有和我年紀相仿的學生來幫忙育幼院打理雜務或是陪孩子玩。

現在和我一起打掃畜欄的林同學就是附近高中的慈幼社社員。早在上週我受到院長批准來幫忙時，林同學就已經在這邊工作了。換言之，在職場上，她反而算是我的前輩。

她把長髮束在腦後，露出姣好的面容，看她整理起畜欄的樣子，說不定她連每隻兔子的名字都想好了。

「感覺兔子的數量越來越多了。」我說。實際上只是耐不住兩人間的沉默，想在工作之餘聊點垃圾話解悶。

「大概又生了吧。」她沒有打算認真回答我的問題的意思，仍機械式地重複著清掃兔子大便的動作。

「兔子長這麼快嗎？」

「跟小孩子一樣快。」

我不是很懂她的幽默，但是卻不得不擠出笑聲應付。

「不過，」她繼續說道：「你現在看到的兔子數量遠遠不及當初兔媽媽生出來的量。」

「死掉了？」

「不，是吃掉了。」那雙挽起袖子的手從未停下來過。「產後壓力大或是餓了吧？我又不是兔子，我怎麼知道。」

「兔子不是吃素的嗎？」
「這種問題你自己去問兔子。」
林同學心情好像很不好的樣子，雖然每次見到她都是一張臭臉，但今天這張臉的臭味幾乎都要滲出來了。
既然這樣，為什麼當初要加入慈幼社呢？如果這麼不想做這些工作，那乾脆退社算了，像那些玩音樂的人一樣，把自己打扮得時髦點，大概很輕鬆就能交到男朋友。
就算不會樂器也無所謂，以前的我也糊裡糊塗地跑去學人寫詩，雖然不是段完美的回憶，卻是段令人難忘的經歷。
我沒有把這個問題悶在心裡。
「妳為什麼要加入慈幼社呢？」
「蛤？」
她好像沒聽懂我的問題，也可能是裝作沒聽到，好替她爭取構思答案的時間，於是我又問了一次相同的問題。
「喔！」她說：「因為我忘記選社團，結果學校就把我分到慈幼社去了。」
不知怎麼地，她的口氣帶有幾分傲氣。明明就是個冒失的傢伙，卻一副不可一世的樣子。
她大概沒有意識到自己腳下正踩著一顆顆的兔子大便。
「學校有規定一定要參加社團活動嗎？當個幽靈社員也可以吧。」我在高中時就算是半個幽靈社員，除非認識的學姊也在，否則我根本不可能主動踏進社辦。

「是這樣沒錯。不過來這邊正好能抵公共服務的時數，所以其實也沒什麼損失。吶，你還記得吧？每個學期規定你至少要做八小時的麻煩東西，真不知道是哪個白癡想的，簡直跟健康操一樣愚蠢。」

她知道我是大學生，我也告訴過她等她上大學後還有類似的東西在等著她。

雖然她嘴上抱怨，但是工作起來卻完全不馬虎。若是她真的在意那八小時，也不可能在每周末都來育幼院報到了。

「是很蠢沒錯。」我指的是健康操，我對那東西盡是不好的回憶，我想大多數人都和我一樣。

「所以你咧？」

「我？」

「其實我到現在都不相信你是慈幼社的人。」我可以想像此時的她肯定是瞇起了眼，正敞著笑容說道。

「我也不太相信。」

她撥去臉上的汗，她的頭髮帶有淡淡的咖啡色，不像是染的，應該是天生的，這讓那頭混著兩種顏色的髮絲更加好看。「畢竟你們的學校，已經被加入黑名單了嘛。」

「是啊。到現在我都覺得院長會答應我很不可思議。」

「以前啊，」她突然帶開話題，我認為她並不是顧慮到我的心情才這麼做的，只是很單純地，想到什麼就說什麼。

「我和家人去漢堡玩，飛機上我都在聽蕭士塔高維契的曲子。」

「德國人嗎？」

「這名字，應該是俄國人吧，不過這不重要。」她說：「總之，一路上我都聽著他的曲子，發呆時聽、吃飯時聽，就連睡覺時也聽。」

「不看點電影什麼的嗎？」

「當期沒什麼可看的。你不要一直插嘴啦，聽人把話說完嘛。」

「抱歉。」

她大大地吸了一口氣，再緩緩將氣吐出，說：「總之，我聽沒多久就發現其實我不是很喜歡古典樂。」

「坐到漢堡要多久？」

「十四還十五個小時吧？忘了。」

「夠久了。」對她的自述，我相當佩服。「這段期間妳都強迫自己聽不喜歡的音樂？」

「是啊。」

「為什麼？」

「蕭士塔高維契。」她答道。

「蕭士塔高維契。」我也重複道。

「這名字很帥氣吧？」

「的確是這樣，畢竟是俄國人嘛。」

「所以我在想，要是有誰發現我在聽這個名字很帥的人的曲子，說不定會認為我是很有文化素養的人。老實說，十幾個小時，我一直在期待空姊或是哪個乘客跑來跟我說『唉呀！是蕭士塔高維契呢，真有品味』」

「結果呢？」

毫無緣由地，她罵道。

「幹！」

「怎麼了？」我以為她踩到兔子大便了，但我們腳底下早就黏滿無數的小黑球。

「現在你知道了，實際上我是會罵髒話的人。十幾個小時，沒有陌生人向我搭話。」

想也知道。我點頭。

她又繼續說道：「以前有一篇文章，好像是說為什麼坐商務艙的人搭飛機都不看電影都在看書吧。」

「嘿，我也看過。我記得他說是因為商務艙的人懂得利用時間充實自己才有辦法坐商務艙吧？」

因為書看得多，所以錢也賺得多，然後商務艙就能坐得頻繁。雖然不明白作者的邏輯，總之他說了算。

「那你怎麼看？」

「啊？我嗎？」剛才叫我不要插嘴，現在又問起我的意見，林同學意外地個性相當強硬。

「我覺得，這樣好像叫小嬰兒不准搭商務艙一樣。」我說。

「這什麼感想，蠢死了。」但是我的答案卻讓她笑得很開心。

她誇張地伸手抹去眼角的淚水，說：「我倒是覺得，寫這種文章的人一定沒搭過飛機。」

「是嗎？」我也沒搭過飛機啊，我甚至連站在出關口送行的經驗也沒有。我在心中吶喊著。

「回到漢堡機場吧。」

「嗯，回到漢堡機場。」

「下飛機的時候，我們坐經濟艙的人都會經過商務艙。」

這是航空公司的行銷計畫之一嘛，為了讓庶民盯著貴族生活流口水才這麼安排。這是沒有搭過飛機的我胡亂推演的結論。

「那時我想到這篇文章，所以很仔細地檢查每個人的螢幕。結果發現每個人的螢幕都是播放到一半的電影。」她說：「還有關於你剛剛的說法，我也特地幫你驗證過了——其中一台螢幕上正播著《彩虹小馬》。」

「搞不好那個位子是屬於一個頭髮班白的老頭子。」我隨口回道。

「大概吧。」

原以為她會替自己前面的鋪陳做出總結，但是沒有，她的掃把仍繼續沖刷著地面。

我覺得自己該給她進一步的回應，可能是討論些我們自以為有深度的話題，一個值得我們在兔欄裡思辨一整個下午的問題，無論如何，小孩或老人都不能再出場了。

「其實我並不是為了打雜才加入慈幼社的。」我把掃把丟到一邊，在圍欄上坐下來。圍欄只是幾片薄博的木板，根本不適合坐，所以嚴格來說我其實是倚靠在上面。

「哪有人是為了打雜才入社的啊。」她沒有抱怨我突然的罷工，反而先挑起了我的語病。「不過，你也不是那種會發自內心做善事的人。」

「妳是嗎？」我反問道。

像是在挑釁，所以就算她不打算回我也不介意。

晴朗的週六早晨，院長要我們幫忙打掃兔子窩。

滿地的兔子跳來跳去地令人厭煩。

塞成一團，幾乎要踩在彼此的頭上。

一陣風掃過，幾根草桿子在風中打滾，最後黏在我的腳踝處。

「你來這邊，是因為有想知道的事情吧。」她背對著我，我看不見她的表情。

「是啊。」

「問過院長了？」

「這種事情他才不會跟我說。」

是不願意呢？還是覺得不適當呢？可能兩者皆是，我曾經傻傻地想以「調查過去案件」為理由進去育幼院探訪，只是被院長發現真實身分後立刻就被趕出來了。

你們學校惹的麻煩還不夠多嗎？當時的他手握掃把作勢要朝我打來，知道無法溝通的我立刻就逃了。

所以才說如今這份工作是我過去數個月不厭其煩地騷擾院長得來的。

「這是聽同社團的人說的。以前你們學校和這間育幼院關係很好。」

「好像是這樣。」

「後來呢？」

「有人闖禍了。」我盡可能地以沉靜的聲音說。

「是指性侵案吧。」

「是啊。」

「你是女生的熟人？」

「算是。」

「是就是，哪有什麼算是。」

被高中生教訓了。

「她是我高中同一個社團的學姊。」

她放下掃把，轉過身來，和我一樣倚著圍牆。同時有兩個人摸魚不好吧？只是妳若是不跟我一起偷懶，我會很不好意思。那就這樣吧。

諸如此類，預先寫入的對白僅是藉我們之口快速播放著。

3

由於一張照片也沒有，所以當葉子問起學姊高中時的事時，我也給不出太具體的描述。

我和學姊已經一年沒見面了，這一年來學姊發生了哪些事，作為她同學的葉子想必比我還清楚吧，只是我總覺得談起學姊，葉子並沒有比我熟悉那個女孩。

葉子只是個暱稱。

我不習慣向別人提起本名，她說。

是原本的名字很丟臉嗎？已經是個二十歲的人了，把名字這種廉價的代號改掉也不是難事，我想她一定有著不能說的理由。

就假設她原本的姓氏是「葉」吧！不這麼想的話連我都會覺得彆扭。

葉子留著短髮，有莫名整齊的瀏海，她本人說這種髮型在大學生中似乎相當少見，反而國中生很喜歡這種造型。

可是我懶得去想頭髮的事嘛。

她說道，食指捲起幾乎要蓋住眉毛的瀏海。

其實不僅頭髮，連穿著也是，看起來就像是今天早上趕著出門，於是隨意從衣櫃抓了件T

恤，再套上那件擱在椅子上的牛仔褲般，沒有系統可循。

衣服上還寫著「You are the best！」這種讓人哭笑不得的標語。

這就是學姊的交往對象嗎？說見面時不感到訝異是騙人的，只是想到對象是學姊，一切又變得理所當然了。

我和她，是最後留在這班車的人。公車駛在陌生的道路上，爬上斜坡，感受不到溫度的風刮過窗戶，震動著，旋即被車子駛進的聲音蓋過。

「妳以前去過她家嗎？」

「沒有呀。一次也沒有。」她用下巴指了指我，應該是在問「你呢？」

於是我也搖頭。

「不怕迷路？」我說。

我從來沒搞懂公車系統是怎麼運轉的，老是搭到反向車，也不知道二段票的分野是在哪一站，所以一直都是憑直覺付車錢。

「她媽媽講得很清楚，所以我想應該不至於迷路。」她說：「等左手邊出現一個奇怪的雕像時就下車。」

奇怪的雕像……我不認為這樣的描述算清楚。

「我以為她爸媽不想接見任何訪客呢，告別式辦完，一切就該結束了。」

「是呀。再怎麼傷心，也該適可而止了。」她一臉無趣地看向窗外：「活人還有日子得過。」

是啊。我說，本來想把膝上的紙袋索性丟到隔壁位子上，可是擔心下車時忘了拿，所以只好繼續讓它留在腿上。

「而且，你是有正當理由的吧？既然不是兩手空空過去就不用感到不自在。」

是這樣沒錯。

紙袋裡裝著學姊留在社辦的東西，雖然一年前我就說要找機會還給她，只是還沒等到這個機會，她就死了。

那是學姊的社刊，聽學弟說最近社辦要從白樓改到其他地方，所以不必要的、私人的東西都會被回收。我覺得可惜，就特地跑回母校把學姊留下來的東西拿走。

雖然我也想過那倒不如自己把它留下來算了。只是又倏然想起曾答應學姊要把她的書還給她，於是我便放棄了占有它們的念頭。

事情一拖再拖的結果就是這樣，如今我正搭著未曾搭過的公車和未曾見過面的人一同前往一個未曾去過的地方，只為了送一份再也無法送到本人手上的包裹。

「學姊的作品，妳讀過嗎？」

「我不看書的。」她冷冷地說。

「完全不看嗎？」

「不看。尤其是那些不切實際的東西。」

我和葉子，話題在兩人間有一搭沒一搭的進行著，比公車行進還慢的速度，比眼皮闔上還快的速度。

一輛重機從對向車道過來，在我聽見刺耳的發動機運轉聲時，它就已經消失了。

「前些日子，高中時代的學長上學時被砂石車壓在輪子下，死了。」

「你和那個學長熟嗎？」

「同個社團的，跟你和她一樣。」她笑道：「所以我們算是扯平了。」

扯平什麼？我不懂。

我想起學姊說，她其實沒有那麼喜歡葉子，甚至我在她心裡的順位還要比葉子高一點。那麼經過一年的相處，她對葉子還是抱持這種不上不下的情感嗎？

畢竟她也說，喜歡了就是喜歡了，不會變的。那麼她心中的葉子，永遠就是處在那尷尬的位子嗎？

學姊半年多前自殺了，除了遺留在社辦的社刊以外，什麼也沒留下。

看見奇怪的雕像後，我和葉子下了車，我循著她的腳步，她循著手中的便條，走到應該是學姊家的地方。

「阿姨您好，我是小韓的同學，以前受小韓的照顧了。」

我聽見葉子的確是這麼介紹自己的。

4

「妳對那女生有印象嗎？」

「這是好久之前的事了，」說著，林同學的眼珠子也往上吊。「沒什麼印象。」

雖然無可厚非，我還是覺得肩上原本緊繃的肌肉霎時鬆弛下來。

「她只是個普通社員吧？否則我應該會有點印象的。」

「怎麼說？」

「你是在性侵案發生後才入社的吧？在那之前你們社團的人會來我們這邊指導。因為我們社團才成立不久，聽說那時候受了不少你們的照顧。」她慵懶的聲音與台詞完全搭不上。

「所以說，」她繼續說道：「不只來育幼院幫忙，就連加入慈幼社都是為了調查性侵案嗎？」

「可以這麼說。」

「明明是你們自己社團發生的事，結果你卻一無所知？」

「真是遺憾。」我苦笑。

我知道的並不比妳知道的多多少。

性侵案是怎麼發生的呢？

據說是同一個社團的男女生在結束育幼院的服務後相約去酒吧之類的地方慶功。其中一個女孩子不勝酒力，醉了。

我送她回去吧。

這時有個男生說道，那是個性格懦弱的男生，但是對人很溫柔。他說他是開車來的，由他送女生回去也比較安全。

那就拜託你了。

社長和其他社員跟他關係很好，畢竟他也是個大方的人。

於是另一個男生替他把醉倒的學姊送進後座，兩個人就這樣離開了。

「後來的事情妳都知道了。」我說。

「不過，新聞也說了，那不是情侶吵架嗎？我還記得，女生因為醉了，神智不清，結果男生就以為她同意了……」

「是啊，情侶。」

她聽出了我語氣中的憤慨——即便那是我極力避免的，緊接著說：「但是妳那學姊，是同志吧？所以應該是新聞錯了……那她的女朋友沒有出面說明嗎？」

一隻兔子跳上我的布鞋，正嚼著我的鞋帶。

「沒辦法。」我說。「這件事情她有絕對不能現身的裡由。」

5

我和葉子被她的母親帶到她的房間。或許她的母親在我們來的前一刻都不知該拿我們怎麼辦。

學姊的書桌上放著她的照片，這個家沒有祭祀神明或祖先，我不知道該怎麼告訴學姊我們來了，只好對著她的照片發愣。

她的房間有淡淡的香味，書桌的角落擺著自製的精油蠟燭，其中一個已經拆封，燒熔的蠟在鐵托盤上重新凝結。

兩個月前，一包木炭在這間房間被點燃，當時在床鋪上熟睡的女孩如今已經不在了，或許連同那只打火機，在打火輪轉過半圈時與透明膠殼裡的液體一齊消失了。

葉子把那蠟燭旁的打火機收進口袋，她看著目睹這一切的我，辯解道：「這本來就是我的東西。」

其實我根本沒有阻止她的意思，而她也沒有向我解釋的義務。

我是小韓的同學，平常受小韓照顧了。

妳平常是這麼稱呼她的嗎？不是吧。學姊和我提過不少關於妳們的事，幾乎可說是無話不談了，我記得妳們之間共享更親暱的稱呼才是。

「如果不找你一起過來，我根本不敢踏進她家。」

葉子一直都很平靜，五官放棄變化隨意攤在臉上。

「我想回去了。」

她在房間又環顧了一次，說道。

6

「我想那個叫葉子的女生，面對自己家人時也有說不出的苦衷吧。」林同學說。

「大概吧。不管是為了學姊還是自己，知道她們在一起的人比想像中還少。」

「如果知情的都是像你這樣的人也不用擔心了。」

「妳太抬舉我了。」我投降般地回道：「我這不就把祕密洩漏給一個一起掃兔子窩的陌生人了嗎？」

「是沒有任何利用價值的情報呢。」她笑了。

「該不會從頭到尾只有你一個人知道吧？你那學姊是同志的事。」

「當然不只。」我說：「慈幼社的好幾個人也知道，就連那個抱她上車的男生都知道。不過知情的也的確僅限這幾個人。」

學姊在大學幾乎把課餘生活都奉獻給慈幼社了，她在大學認識的朋友們也幾乎都是慈幼社的人。

「那麼，她的朋友沒有在事情發生後幫她說話嗎？」少女微微傾著頭，向我問道。汗水浸濕了她的上衣，內衣的影子若隱若現。

「他們說，學姊和那男的是情侶。」

「為什麼？」

「什麼為什麼？」

「我不懂。」她看起來有些混亂。「他們為什麼要說謊？他們和那女孩子的關係不好嗎？」

「應該不錯吧。」我說。

學姊以前常提起慈幼社發生的事，從她的字句中，我認為她是真心喜愛這個團體的。

「這樣算是背叛嗎？」她問道。

這樣算是背叛嗎？我也想知道。

假設那是一群有著共同夢想，想在大學生活留下無悔回憶的人聚在一起耕耘的社團，那麼這起性侵案會將整個社團構築在一起的和諧徹底摧毀，於是他們選擇隱瞞實情，創造一個大家都能接受的謊言。

也可以假設那其實是一群骯髒下流的人打著慈幼社的名義創建的小團體，誤闖入的學姊不懂其中的規則，於是成為其中的犧牲品。為了避免社團的真相被揭發，於是他們選擇隱瞞實情，創造一個大家都能接受的謊言。

又或者，那個載她回去的學長是個受大家喜愛的人，將學姊與那男人放在天平兩端，學姊的重量甚至比羽毛還輕。於是他們選擇隱瞞實情，創造一個大家都能接受的謊言。

總之，最後他們選擇隱瞞實情，創造一個大家都能接受的謊言。

「那個學長，還在你們社團嗎？」

「聽說是這樣，不過我沒有查出是誰，現階段只能說是推測。」

我說謊了，但並不是百分之百的謊言。

當時相關新聞稿上的採訪都是匿名的，網路上也沒有傳出關於這件事男方的資料，對男生的描述就是「對女生很好」「溫柔體貼，是個暖男」一類的正面評價，於是大家開始認為這件事不過就是年輕人醉酒後產生的誤會。

男生真的要好好保護自己。我還記得新聞稿下其中一個留言這麼說。

「要是知道那男的身分，你打算怎麼做？」

「我打算怎麼做？」其實我想問的是：「我能怎麼做？」

「警告他？教訓他？還是在網路上把他的事抖出來？」

「事情已經發生了，現在做這個還有意義嗎？」

學姊已經死了。

「不然，你乾脆殺了他吧。」

「妳這樣也犯法囉。」我笑道，實際上教唆殺人也沒這麼容易，只不過是想嚇嚇她而已。

「那就犯吧。如果這樣能幫你下定決心的話。」

「這對妳太不公平了。」

「今天你問任何一個女孩子這問題，她們都會希望你順手幫個忙，把那種人除掉。」她以非常肯定地口氣說道。「不然你費了這麼大工夫跑進慈幼社，如今還把自己跟兔子關在一起，不就是為了找到那男的嗎？」

「我不知道，」我說：「如果他就站在我面前，而我手上正好有一把刀，我大概會忍不住把那把刀刺進他肚子裡。只是如果這把刀還需要我特別從家裡帶來，那我大概只會揍他兩拳。」

「這麼沒動力？」

「就是提不起勁。」

她從木頭圍欄上撐起身子，拍了拍自己的臀部，往畜欄的後方走去。

「我去拿水喝。」走了兩步，又回過頭向我問道：「要順便幫你拿嗎？」

「拜託了。」我說。

7

我們離開學姊的房間，看見她的母親正在客廳，翻閱著我帶過來的社刊。

她目光所停留的那一頁曾被我粗心地打翻咖啡，意外是在某一次我心血來潮想嘗試用賽風壺煮咖啡時發生的。

她看見我們，雙眼紅腫。

「請你們原諒我……」她的母親在沙發椅上，啜泣著。「我應該向你們道謝的。」

我向她鞠躬。葉子拉著我的手，在伯母的身旁坐了下來。

「其實我知道，妳和那孩子的關係。」她對葉子說。

葉子沒有回答，也沒有露出慌張的樣子，從她走進學姊家那一刻起，她的表情就不曾有變化。

「她常常談起你們的事，那是她最開心的時候。」

伯母說，學姊在家鮮少提起學校的事。

今天我招到一個新人入社哦。某天放學，她向伯母說道。在那之後，有關學姊高中生活的話題總是繞著那個新人轉。後來，學姊自己成了新人，同一時間，另一隻手悄悄牽起了她。

直到謝幕前，舞台上也依然僅有這三人。儘管從未一齊登場，卻也未曾缺席。

「所以，當你們打電話來時，我立刻就明白了。」

伯母的話讓我很不好意思，因為實際上是葉子自己聯絡的。

「真的、真的很謝謝妳們。」臨行前，伯母最後的話就好像窩居在我的耳中，無法散去。

「她是個怕寂寞的孩子，所以，請不要忘記她了。」

我想起在她房間時，看見的那張相片。笑容背後的憂鬱直到她生命中的最後一刻都被隱藏得好好的。

我覺得自己還有很多話想對她說，只是已經來不及了。

8

林同學把瓶裝水丟給我，水瓶在空中勾勒漂亮的弧線，幸好最後沒有砸在某隻兔子的腦門上。

「那麼，」她轉開瓶蓋，大口把水灌進喉頭裡。

間隔了許久，她才補完中斷的句子：「你們社團的人知道你真正的目的嗎？」

我晃了晃腦袋，最後聳肩。

「可能吧。只是，他們也沒有名目把我趕出去。」

「不搞小手段？」

「不搞小手段。」

我把慈幼社如今的狀況告訴林同學，聽完她也點頭道：「的確沒這必要了。」

慈幼社已經分崩離析了，至今還留在慈幼社的人都是當初那個圈子裡的人，不知情的局外人早就都消失了。

「這樣一來，犯人的身分很好鎖定了吧？」

「的確不難，我其實早就知道了。」

「是幹部嗎？」

我搖頭。「不過影響力其實不比幹部小，說不定妳見過。以前他們不是有去妳們社團嗎？」

「那時候來了好幾個人，機率很大。」

「但是妳不記得他們的名字了吧？」

「怎麼可能還記得。」

畢竟是只有一面之緣的人，恐怕連長相都忘記了。

「不過，」她說：「你還是說說看，那個人叫什麼名字？」

「知道了妳又能怎麼辦？」

「不怎麼辦。」

她沉吟了一會，以一副盛氣凌人的口氣說：「或許將來我可以幫忙指認犯人。」

她繼續說：「要是你害怕被報復或是膽子小到不敢說出去的話。我就代替你制裁性侵犯。」

「在開玩笑？」我笑道。

「我這人很嚴肅的。」她也笑道。

於是我便把那個男人的名字告訴女孩。

「有印象嗎？」

她猶豫了一陣子，最後還是選擇搖頭。

「不能說沒有印象，因為這是菜市場名嘛！」

「是啊。」

只是，她仍然很努力想要把名字記下來的樣子，口中不斷喃喃道。

「黃軒宏……」

9

離開學姊的家，我和葉子搭上公車。口袋裡的悠遊卡摸起來有種濕滑的感覺，好像剛泡過水似的。

和她並肩在公車最末的位子上，車上除了我們之外依然沒有其他乘客。我正想著，雖然這是第一次和她見面，但或許也是最後一次了。

想到這，就有種惆悵感，並不是因為我對葉子產生感情，只是覺得好不容易和一個人產生交流，如今這段連繫又要斷了。只是再深入思考，我和她相識的契機也說不上是「好不容易」，只不過我們都在意著同一個女孩，而那女孩不巧死了。

如果學姊還在世，我是不是有機會認識葉子？還是我們一輩子都不會碰面？

高三的畢業典禮，我像個傻子捧著花束的那天，學姊問起我想不想跟他的女友見面。

我拒絕了，那是不帶任何猶疑的答案，是一個至今我仍然不會更改的答案。只是，為什麼呢？我為什麼要拒絕呢？

我忍不住望著身旁女孩的側臉，瀏海下的睫毛細而捲曲。

「知道她為什麼跟我交往嗎？」

那台從公車旁呼嘯而過的重機讓我差點漏聽她的話。

「這需要理由嗎？」我說。

「我不是這個意思，」她搖頭：「她沒跟你說嗎？比起我，她更喜歡你。」

我不可能忘記這句話。

眼見我沒有回答，她又自己說了下去。

「以前我家裡養了一隻狗，叫拐子，後來走失了。」

她換了一口氣，繼續說：「那時我哭得很傷心，因為我真的很愛拐子，我認為沒有牠我就活不下去。」

我沒有養寵物，所以不知道葉子的心情，只是覺得自己應該要陪她一起難過，於是也蹙起眉來。

「我也把這件事告訴她。那時我已經知道她的狀況了，所以我騙她，我說拐子不見後，我立刻就買了一隻新的狗，還幫牠起一樣的名字，原本的拐子很快就被我忘了。」

她抓緊褲管，垂下頭。

「那個笨蛋……大概真的以為我是個沒血沒淚的傢伙吧。」

儘管明天依舊是好天氣，靛青色的牛仔褲仍像是經歷過一場細雨似地，染上一層瓦色。

尾聲（3）

昱文捻熄菸頭，又從口袋中取出一支菸。耗費寶貴的假日幫女友搬家讓他決定餘下的時間裡什麼也不幹，就這麼賴在宿舍裡。

火光在打火機上懸浮著，在風中搖曳。

「抽嗎？」他向軒宏問道。

「不了。」

昱文「哼」了一聲，半邊的嘴角上揚，露出令人討厭的笑容。

「在國外待過卻沒有染上菸癮嗎？」

「不止菸，我現在連酒都不敢碰了。」

「是不該。」昱文毫不留情地諷刺讓軒宏又縮起了肩。

替亦慈安頓好新居後，兩個人來到宿舍的頂樓吹風，希望能藉此吹散一天的疲憊。

「對了，你看完了嗎？林慶揚的網誌。」軒宏問道。

「你真的覺得那是網誌？說不定他早就知道會被我們看見才故意寫下這些。」昱文不以為然地說：「我還不知道那傢伙會寫詩哩。」

「哈哈……至少是被我們看到。」軒宏的笑聲說明他完全不感興趣。

「所以你早就知道了嗎？林慶揚跟你上的那女人的關係。」

軒宏實在不想答腔，他討厭昱文用這麼粗俗的詞彙，只是自己完全沒有立場駁斥。做都做了？還能怎樣？

他也沒想到那女生會自殺。如果知道那一晚的行為會牽扯上人命，他肯定連解開褲帶的想法都不敢有。

真麻煩。

「是被他發現了。」

「發現什麼？」

「發現那天載人回去的是我不是你。」

——朱昱文沒有車吧？是你親口告訴我的。

林慶揚當時就是這麼質問他的。

「真笨。」昱文說。

接著拍了拍軒宏的肩膀，害他重心不穩險些跌倒。

「其實剛剛聽你跟亦慈談起自己加入慈幼社的理由以及那女人的事，我都快笑瘋了！」

「那並不是在說謊。」

「是嗎？」昱文喋喋不休，十分享受這個話題。「不過你不是還一本正經的說『沒有人會想當個渾蛋』嗎？怎麼？忘了啊？」

軒宏知道自己一直是討厭朱昱文的，但是因為昱文替他擔下學妹的事，他沒辦法擺脫昱文，才不得不跟他混在一塊。最後連自己都騙，忘記朱昱文原本的面目。

「我想知道的是，你是怎麼說服林慶揚認罪的？讓他承認殺了那些貓。」

昱文嘻皮笑臉地從口袋中取出一個隨身碟，問道：「跟上次一樣，只不過這次不是要他閉嘴而是要他開口。」

「你還留著它啊……」

軒宏不可能忘記，隨身碟裡面儲存那天慶功宴後的照片。他和那個姓韓的學妹的照片。

「林慶揚真的很在乎他的學姊，只要威脅他把這裡面的照片流出去，他大概連命都願意賠上吧。」昱文說：「不過人都死了，今天就算讓陌生人對著她學姊打手槍，又有什麼關係呢？真小氣呀。」

他收起笑容，煙霧自他口中緩緩流出。「其實真正麻煩的是亦慈。」

「抱歉啊，」他瞥向軒宏：「要你陪我演這齣戲。」

昱文揚起頭，看向一望無際的蔚藍天空，天上甚至連一朵白雲都沒有，好像它們不來就不該存在於天上似的。

「以前我們家養了一隻狗，叫拐子。」他像是在說一個遙遠過去的故事，一個他從別人口中轉述而來的故事。

「說實在的，我很不喜歡牠，但是我媽和老姊都很喜歡牠。」

他彈了彈菸灰，煙灰隨著風飄散至虛無間。

「於是我常想，要是老媽和老姊發現拐子不見了會怎麼樣。」

「會很傷心吧。」

「那是當然的。」他繼續說：「但我還是想看看，看看我愛的人失去重要的東西時會是什麼反應。」

「只因為這種理由？」軒宏吞了口唾液。「因為這樣，你就殺了那些貓？」

「最初是這樣的，我說拐子的那次，是這樣沒錯。」昱文繼續說：「只是我在想，既然那隻狗怎樣都要死，那不如趁這機會做些我一直以來想試試看的事。」

「你是說把牠的內臟掏出來……」軒宏沒辦法繼續說下去，當下他立刻想起那些被殘殺的貓咪，牠們的死狀令他拒絕喚醒更細節的回憶。

「一開始沒這麼做。」昱文突然話鋒一轉，再度咧嘴笑道：「你讀過《黑貓》嗎？愛倫坡寫的。」

軒宏聳聳肩。

「你該讀讀看，花不了你多少時間。」昱文說。

「總之主角殺了他老婆，把錯怪到貓頭上。」像是故意激怒軒宏般，昱文又補充道：「當然酒精也是其中一個因素。」

軒宏不理會他的嘲諷，問道：「所以你是想說，這些貓引誘你去殺牠？」

「誰知道呢？但我跟主角不一樣，我沒打算替自己辯解。」

昱文反問道：「不過你不好奇嗎？為什麼拐子明明是隻狗，往後我找上的卻都是貓？貓和狗比起來，難抓多了。」

「狗的體型比較大，不好處理？」

「和這沒有關係，拐子也是隻小型犬。」昱文微笑道。「那是因為路上抓的野貓很不容易親近人。和一上來就黏著你不放的狗不一樣，這是貓才有的性格。」

「那就更難下手了。」

「相對的，等牠願意接納你，以為自己在你心目中的地位比誰都高時就有趣了。」

軒宏老實承認他不明白昱文的意思。聽不太懂。

「屆時你不管怎麼做，牠們都沒辦法跟誰求救，畢竟你成為了牠們的全世界，能求助的對象就是正勒住自己頸子的那人。我覺得這種無助的樣子很美麗，也很有趣。」

昱文又笑了。

他舉起手，彷彿掌心中真的有隻貓正被他扼住脖子。

「相信我，我啊，真的很喜歡貓。」

他沒有再說下去，又吸了一口菸。

然後嘆息道：「只是我真的沒想到會有這種巧合。那隻貓竟然就是亦慈照顧的貓。」

「亦慈她沒有向你抱怨過菸味嗎？」軒宏問。

「沒有。」昱文咳了一聲。「只是我知道她很討厭菸味。」

「最後一根，」昱文說：「為了她，就當作是最後一根，也是最後一次。」

並將隨身碟扔進垃圾桶裡。

「不需要了嗎？」

「不需要了。」昱文揮揮手，說：「希望我們以後都不需要它。」

最後那個身影消失在樓梯口。

尾聲（2）

「不要緊，搬家公司動作沒這麼快。」亦慈說。咖啡的糖漿積在底層，攪拌棒讓糖與奶重新交融在一起。

「昱文說他在花市找貓。」軒宏放下手機，說道：「他想給妳一個驚喜。」

「那你實在不該告訴我。」即使如此，亦慈臉上沒有任何不悅。準確來說，她臉上的的確是抹微笑。

「我實在不太擅長保守祕密。」軒宏搔了搔頭，將林慶揚的筆電推到亦慈面前。「這是我在他的房間找到的。」

亦慈盯著螢幕上的文字，卡在鍵盤上的餅乾碎屑在那杯過於甜膩的咖啡旁顯得微不足道。

「我可以看嗎？」

「就是想先讓妳看看。」軒宏說：「等妳看完我再把它拿給昱文。」

於是亦慈轉動滑鼠滾輪。

「你這麼優待我的好處是什麼？」她問道，但軒宏沒有回答。

舌尖殘留著幾分苦澀，但更多的是幾乎要麻痺感官的甜味。亦慈讀著林慶揚的網誌，軒宏就這樣看著女孩閱讀時美好的五官曲線。

「林慶揚的確是跟蹤狂沒錯，原來你們早就認識了。」

「是啊，我們早就認識了，不過我想跟蹤狂不是只有他一個人。」亦慈說，雙眼正注視著軒宏。

軒宏立刻別過視線，說：「只是我不懂，為什麼他要用這種拐彎抹角的方式吸引妳的注意？」

「他從以前就是這樣了。」一行行的文字在螢幕上飛快地躍動著。「他從以前就抱持著我無法理解的無聊矜持。」

閱讀到一個段落時，亦慈停下動作，向軒宏問道：「你已經看完了嗎？他的網誌。」

「我已經看完了。」

「那麼，你就不是不小心的了。」亦慈露出甜美的笑容，軒宏是頭一次察覺笑容背後的危險氣息。

他瞥向亦慈目光所停留的那一篇文章。

那是林慶揚的最後一篇網誌——距離他認罪前一天所寫下的第七篇文章裡，提起殺貓犯的真實身分。

「妳早就知道了嗎？」軒宏問道。

「是啊，我早就知道了。」亦慈低聲說道，像是呢喃，但更像是嘆息。「我一直很好奇，當昱文看見Kuro的屍體時，是怎麼確認那就是Kuro的。」

亦慈慵懶地伸展身體，軒宏無法克制自己把視線從亦慈的袖口深處移開。

「畢竟他一次也沒見過Kuro。」

「即使如此，」軒宏吞了吞口水。「妳也不恨他？」

亦慈順了順她鋪蓋在胸前的長髮，這反凸顯了胸部的形狀，柔軟而豐滿的乳房緊貼著胸口。

「不恨。」亦慈靜靜地說：「他其實是個很溫柔的人，比我們任何人想像中都還溫柔。如果Kuro不死，我不可能有機會曉得。」

咖啡滲進角冰，發出清脆的聲音。

「而且他知道，我非常非常愛他。」亦慈刻意拉長了語氣，直到力氣耗盡，最後一個字融化在咖啡裡前。

隨後，她側過身，看著軒宏，軒宏也看著她，一直看著她。

她拉起軒宏的手，放到自己的胸前，吻了他，並說道。

「那你呢？你喜歡我嗎？」

軒宏這次聽見了，那的確是貓的叫聲。

（Fin）

【後記】

感謝替本書繪製封面的……欸？沒有繪師呀？那失去美少女封面加持的我就只是一隻屎殼郎了。

原本這句話要連同責任編輯的銀行帳戶密碼一同寫在作者簡介裡，很遺憾被阻止了。

雖然這麼說，《我的青春絞死了貓》依然得到了遠超乎其內容水準的封面，這一切都得感謝喬齊安編輯先生還有他快樂的美編夥伴的努力。

另外也要感謝自稱是他宿敵的呂O熚先生，雖然你其實沒幫上什麼忙。

這本書是在完全的衝動下寫好的故事。看似影射了不少社會事件，實則不然，只是單純因為某天起床時發現家裡的小白狗子在枕頭旁邊O便，一氣之下就完成了這篇小說。所以，盡管內容維持一如往常的負能量，還是希望撥冗閱讀的讀者不要受書本的情緒影響了。如果可以，我也很希望構思一些能讓所有角色最後都在花田裡手拉著手一起開心唱歌的故事，周圍有蝴蝶飛舞，然後藍天白雲之中有嬰兒臉的太陽露出猙獰笑容之類的……那樣的故事一定能討人喜歡吧。

關於標題的命名要謝謝友人Sean先生。在貓與青春之間取得了絕佳的平衡。什麼樣的人擁有青春呢？啊，一般提起這兩個字，果然還是會想到那些參加了個什麼球隊最後拿到全國優勝，不然就是和青梅竹馬還有同班同學談了一場轟轟烈烈戀愛的傢伙吧。如此一想，那麼沒有這兩種經驗的人在十幾二十歲的年紀是不是就沒有青春了呢？青春這傢伙聽起來一副跟大家都很熟識的樣子，實際上卻瞧不起絕大多數的人，就算想要跟它打好關係它也對你愛理不理的，好心幫它撿橡皮擦，它肯定還會告訴你「啊！那個橡皮擦……沒關係我不要了。」多數人和它就這樣不再有任何交集直到畢業。往後在路上偶然見到它時才會忍不住感嘆：「啊，這就是青春呀！」

太煩了吧，青春這傢伙。

所以就好像看到寫愛情小說的人會希望他因為亂搞男女關係拿到吃不完的傳票、寫推理小說的人會希望他被無法解釋的手法莫名做掉、頭被兇手接到別人的身體上一樣，那些看似有著美好青春的人們如果私底下都有著不可告人的祕密好像才公平呢。抱持這樣的想法，被青春拋棄的人在這篇故事裡恣意揣測著青春的真面目，就是這樣。

雖然現在才想要辯解有點來不及了，不過我其實是個只有跟動物以及螢幕裡的人說話才不會緊張的人，所以對我而言最殘酷的故事莫過於有小動物受害的情節了。這就好像黑人和戴眼鏡的大叔常常成為恐怖電影的第一個犧牲者一樣，對小朋友或是貓狗出手也常常淪為激昂觀眾情緒的手段，畢竟這兩者通常是最無助的。

如此一想，那有時候會在公園裡看到牽著小狗的小妹妹不就是全世界最脆弱的組合了嗎？大家都知道讓小朋友一個人在外面跑很危險，同理小貓小狗也是，所以不管怎麼看放任幼女和幼犬同時在路上都是百分之兩百的危險，台灣可不是這麼安全的社會呀。

人生有時候會遇到為了心中的正義，不得不出面的時刻。一想到那女孩在遛狗的路上可能會遭遇的各種危險，就無法讓人放心，再說，以小孩子的力量，要駕馭大型犬十分困難，各方面而言，都是項艱鉅的挑戰。

比起意外發生才來後悔，更應該事前預防才是，我想大家都同意這點。

所以為了有效降低女孩遛狗的危險，該怎麼辦呢？這個問題長久都困擾著我。

說來，遛狗看似是一個以「狗」為主角的活動，實際上對小孩並不是這樣。小孩子都是些容易因為一頭熱栽進去的生物，可能一開始對家裡迎來弟弟妹妹等新成員感到很新奇——貓狗也是一樣的，但時間一久就膩了，偏偏老媽又會嚷嚷著「當初是你說要養的，至少要負起責任帶牠去散步吧！」才只好不甘願地在放學後撥個十五分鐘陪小黃到附近公園晃晃。

因此，與其說遛狗的主角是狗，不如說真正掌握決定權的是老媽，而執行人是小女孩，狗只是配角中的配角，對那女孩而言，只要完成「遛狗」這項活動就算是盡到主人的義務了，所以並不是狗真的想被遛，而是不得不讓主人能跟老媽交差才勉為其難地被遛。偏偏讓小女孩遛狗又是如此的危險，那既要讓女孩成功遛到東西又要讓狗開心同時還要降低外出的風險到底該怎麼辦呢？

「可以請妳把小黃的項圈改套在我脖子上嗎？」

這樣一來，女孩既能遛到寵物又能降低100%的危險，小黃還能在家偷懶，不管怎麼想都是百利無一害。

只是至今，仍沒有女孩子接受我的提議。

20/02/19

要推理64　PG2231

要有光 FIAT LUX　我的青春絞死了貓

作　　者	八千子
責任編輯	喬齊安
圖文排版	林宛榆
封面設計	蔡瑋筠

出版策劃	要有光
發 行 人	宋政坤
法律顧問	毛國樑　律師
印製發行	秀威資訊科技股份有限公司 114台北市內湖區瑞光路76巷65號1樓 電話：+886-2-2796-3638　傳真：+886-2-2796-1377 http://www.showwe.com.tw
劃撥帳號	19563868　戶名：秀威資訊科技股份有限公司 讀者服務信箱：service@showwe.com.tw
展售門市	國家書店（松江門市） 104台北市中山區松江路209號1樓 電話：+886-2-2518-0207　傳真：+886-2-2518-0778
網路訂購	秀威網路書店：https://store.showwe.tw 國家網路書店：https://www.govbooks.com.tw
總 經 銷	聯合發行股份有限公司 231新北市新店區寶橋路235巷6弄6號4F 電話：+886-2-2917-8022　傳真：+886-2-2915-6275

出版日期	2019年3月　BOD一版
定　　價	280元

國家圖書館出版品預行編目

我的青春絞死了貓 / 八千子著. -- 一版. -- 臺北
市 : 要有光, 2019.03
面 ;　公分. -- (要推理 ; 64)
BOD版
ISBN 978-986-6992-09-4(平裝)

857.81　　108002877

讀者回函卡

感謝您購買本書，為提升服務品質，請填妥以下資料，將讀者回函卡直接寄回或傳真本公司，收到您的寶貴意見後，我們會收藏記錄及檢討，謝謝！

如您需要了解本公司最新出版書目、購書優惠或企劃活動，歡迎您上網查詢或下載相關資料：http:// www.showwe.com.tw

您購買的書名：________________________________

出生日期：________年________月________日

學歷：□高中（含）以下　□大專　□研究所（含）以上

職業：□製造業　□金融業　□資訊業　□軍警　□傳播業　□自由業
　　　□服務業　□公務員　□教職　□學生　□家管　□其它____

購書地點：□網路書店　□實體書店　□書展　□郵購　□贈閱　□其他

您從何得知本書的消息？

□網路書店　□實體書店　□網路搜尋　□電子報　□書訊　□雜誌
□傳播媒體　□親友推薦　□網站推薦　□部落格　□其他________

您對本書的評價：（請填代號　1.非常滿意　2.滿意　3.尚可　4.再改進）

封面設計____　版面編排____　內容____　文／譯筆____　價格____

讀完書後您覺得：

□很有收穫　□有收穫　□收穫不多　□沒收穫

對我們的建議：________________________________

____

____

____

請貼
郵票

11466
台北市內湖區瑞光路 76 巷 65 號 1 樓
秀威資訊科技股份有限公司 收
BOD 數位出版事業部

(請沿線對折寄回，謝謝！)

姓　　名：________________　年齡：________　性別：□女　□男

郵遞區號：□□□□□

地　　址：____

聯絡電話：(日)________________　(夜)________________

E-mail：____